書下ろし

目付殺し

風烈廻り与力・青柳剣一郎⑧

小杉健治

祥伝社文庫

目次

第一章　かまいたち

一

夕暮れになり、秋の冷気を肌に感じる。草は枯れはじめ、樹は葉を落とし、冬が間近になったことを感じる。

だが、只野《ただの》平四郎《へいしろう》は身に食い込むような寒さが嫌いではなかった。身の引き締まる思いに心地よさを感じるのだ。

きょうは非番であり、着流しに二本差しという身軽な姿で明神下《みょうじんした》から神田《かんだ》川のほうに向かった。

妻の小夜《さよ》が十二月に産《う》み月を迎え、実家で出産することになった。初産ということもあって、早目に小石川《こいしかわ》の実家に戻すことになり、きょう小夜を実家に送り届けたのである。

いよいよ父親になるのかと思うと、小躍《こおど》りしたくなるような喜びと、胸の奥深くからわき上がる感慨が交互に押し寄せてくる。

妻小夜は二十六歳の平四郎より六つ下だ。御徒組《おかちぐみ》の父はなかなか厳格なひとで、めったに感情を表に表さないのだが、しばらくお小夜が実家で暮らすことになると、大喜びをした。

たとえ、短い期間でも、娘と暮らせることがうれしいのだ。そのことを露《あらわ》にする小夜の父親は厳《いか》めしい顔の雰囲気とは違い、娘思いのいい父親だった。

きょうも、小夜を送り届けると、平四郎に何度も頭を下げた。娘を大切にしてくれる礼を何度も述べた。

平四郎の家は、母が五年前に亡くなり、女手がなく、出産には不都合だった。もっとも、その気になれば、取り上げ婆を雇い、手伝いの女を頼んでもよいわけだったが、この父親の気持ちを考えて、小夜を実家に帰したのである。

小夜がいなくなるのはちょっぴり寂《さび》しいが、久しぶりに独《ひと》り身の気楽さを味わえることは楽しみだった。

さっき神田明神で本殿に手を合わせ、安産を祈った。

昌平橋《しょうへい》を渡る頃には茜《あかね》色に染まっていた西の空も暗くなっていた。暮六つ（六時）の鐘《かね》が鳴っている。

橋を渡り、八辻《やつじ》ヶ原《はら》を突っ切り、神田須田《すだ》町に向かった。
前方に人影がある。そこに横合いから別の黒い影が近づいた。二つの影が一つにな
った。が、それも一瞬で、影は離れた。
その影がこっちに向かって駆けて来る。黒い布で頬《ほお》かぶりをした男だ。残った影が
崩れるのがわかった。
平四郎は、走って来た男の前に立ちはだかった。血の匂いがする。
「あやしい奴」
平四郎は一喝《いっかつ》した。
頬かぶりをした男が腰を落として匕首《あいくち》をかざした。
平四郎は鯉口《こいぐち》を切った。構えを見ただけで、相手が並の遣《つか》い手ではないことがわか
る。平四郎は抜刀した。
相手が軽く匕首を突き出した。だが、刃先は風を切り、凄《すさ》まじい勢いで平四郎の顔
面に向かった。
平四郎は匕首を弾き返した。その刹那《せつな》、相手は踵《きびす》を返し、暗がりに消えて行った。
素早い動きだった。
平四郎が刀を鞘《さや》に納めたとき、悲鳴が上がった。倒れた男の傍《そば》に、ふたりの職人ふ

うの男が立ちすくんでいた。

倒れているのは浪人だった。平四郎は駆け寄って抱き起こした。

「しっかりしろ」

声をかけたが、無駄だとすぐわかった。

匕首で胸を一突きされていた。浪人は刀を抜く暇《ひま》もなかったようだ。恐ろしい腕だと、平四郎は悪寒に似た恐怖を覚えた。駆けてきて、一瞬の間に正確に心の臓を突き刺しているのだ。

「おい。自身番に知らせろ」

平四郎は職人ふうの男たちに声をかけた。

へいと、職人ふうの男たちはあわてて来た道を戻った。

平四郎は浪人の体をそっと地べたに横たえた。いかついひげもじゃの顔で、筋骨のたくましい浪人だった。

平四郎は手を合わせた。

提灯《ちょうちん》の明かりが近づいて来た。

「只野の旦那じゃありませんか」

「おう、伝六《でんろく》親分か」

定町廻り同心の植村京之進《うえむらきようのしん》から手札を貰《もら》っている伝六という岡っ引きだった。この界隈《かいわい》を縄張りにしているのだ。

平四郎は、風烈廻りの同心であり、青痣《あおあざ》与力こと青柳剣一郎《あおやぎけんいちろう》の下にいる。巡回のおりに、伝六と顔を合わせることもままあった。

「下手人は頬かぶりをしていた。相当な腕だ」

「おい、明かりを」

と言い、伝六は死体の傍にしゃがんだ。

「こいつは……」

伝六は傷口を改めて呻《うめ》くように叫んだ。

「どうした？」

「これで五人目だ」

「五人目？」

「半年ほど前から、匕首で一突きされて殺されるという事件が起きているんでえ」

「通り魔か」

「いえ。まだ、なんとも」

伝六が続けようとしたとき、巻羽織に着流し、腰には大小の他に朱房の十手をはさんだ植村京之進がさっそうと駆けつけた。植村京之進は若くして定町廻り同心になった切れ者だった。そんな京之進を、平四郎は憧れの思いで見た。

「おや、春平《しゅんぺい》ではないか」

同心仲間に言わせると、自分はあまり欲がなく、おっとりとしているらしい。そよそよと吹くそよ風のようだと誰かが言うと、京之進が春風だと言ったことから春風の平四郎となり、いつしか仲間内で、春平と呼ばれるようになった。

「旦那。また、かまいたちですぜ。その現場に只野の旦那が出くわしたんでさ」

伝六が説明した。

「春平。それはまことか」

「はい。でも、残念ながら頬かぶりをしていたので、顔がわかりませんでした」

「話はあとだ。ちょっと仏を拝ませてくれ」

植村京之進は死骸の傍にしゃがみ込んだ。

「なるほど。奴だ。奴の仕業だ。たった一突きで絶命させるなんて、奴しかいねえ。今度は浪人者か。最初が商家の旦那、次が博徒の親分、職人の親方。そして、地回りの男だ。いってえ、どんな考えで狙《ねら》う相手を決めていやがるんだ」

「そうですねえ。まったく、まとまりがありやせん」

伝六が頷《うなず》く。

やがて、自身番から戸板を持ったものがかけつけた。

植村京之進が立ち上がって、平四郎の傍にやって来た。

「さっきの続きだが、顔を見ちゃいないが、賊と対峙《たいじ》したことは間違いないんだな」

「間違いありません。とにかく、匕首を遣う鋭さは目を見張るものがあります」

「身の丈は？」

「私とほぼ同じで、五尺八寸（約一七四センチ）ぐらい。細身のほうです」

「何か特徴は？」

「暗かったのでわかりません」

「そうか。まあ、それだけでもわかったのは幸いだ。それはそうと、春平。また、屋敷に遊びに来い」

植村京之進は満足げに頷いた。

今になって、かまいたちと呼ばれている男ならなんとしてでも逃がすべきではなかったと、平四郎は後悔した。かまいたちの噂《うわさ》は奉行所で耳にしていた。まさか、そのかまいたちと出会《でくわ》すとは思いもしなかった。あの男はまさに殺人鬼だ。ひとを殺すことになんのためらいも罪悪感もないようだ。

平四郎は少し無念さをかみしめて屋敷に戻った。

二

その三日後、朝から冷たい風が吹き荒れていた。

着流しに巻羽織で、風烈廻り与力の青柳剣一郎は同心の礒島源太郎《いそじまげんたろう》と只野平四郎を引き連れ、昼過ぎから市中の見廻りに出ていた。

またも風が砂塵《さじん》を巻き上げた。

「これは、たまらん」

剣一郎は目を手でおおいながら俯《うつむ》いて埃《ほこり》を避けた。

「最近、雨が少ないので土埃がひどいですね」

礒島源太郎が目をこすりながら言う。

「こんな土埃では、火《ひ》の見櫓《みやぐら》からは火事の煙と見誤るのは無理ありません」

只野平四郎は閉口したように言う。

このような日の見廻りは楽ではない。だが、このような日こそ、付け火などを企てる不逞《ふてい》の輩《やから》が出るやもしれなかった。ふだんはふたりの同心に見廻りを任せているが、きょうのように風の強い日は、剣一郎も見廻りに出ることにしている。

妻恋《つまごい》坂を上がって、妻恋町に差しかかったとき、突然、只野平四郎が緊張した声を発した。

平四郎の視線の先を追うと、遊び人ふうの男が目に入った。身の丈五尺八寸ぐらい。誰かを待っているのか、男は稲荷社《いなりしゃ》の前に立っていた。

近づくと、平四郎がふっとため息をついたのがわかった。

「平四郎。あの男がどうかしたのか」

行き過ぎてから、剣一郎がきいた。

「三日前に出くわした男かもしれないと思ったのです。人違いでした」

匕首で鮮やかにひとを刺し殺す殺人鬼と出会ったことを、剣一郎は平四郎から聞いていた。

「どうやら、過敏になっているようだな」

礒島源太郎が半ば同情ぎみに言う。

「無理もない。いまだかつて、誰も見たものはいないのだからな」

この半年間で五人の命が奪われている。事件の探索は、定町廻り同心の役目であり、剣一郎はじかに関わりはないが、このかまいたちと呼ばれる殺人鬼のことは奉行所内でも持ちきりだ。

下手人の動機がわからない。たまたま行き合わせた者を狙ったのか。それとも、他に目的があるのか。

若い娘だけを狙うとか、商家の旦那だけが犠牲になるとか決まっているなら理解しやすいが、五人の犠牲者の素性はてんでんばらばらで共通するものはなにもない。それに、殺された場所もばらばらだ。ただ、共通しているのは屋外ということだけだ。

かまいたちに思いを馳《は》せていると、またも強風が砂塵を巻き上げ、剣一郎は目を押さえて立ち止まった。

突風をやり過ごしてから、剣一郎たちは再び歩き出した。

本郷《ほんごう》一丁目にやって来た。町内の大通りの両端には木戸があり、その木戸の番をするのが木戸番小屋で、その木戸の向こう側に自身番屋がある。

「あそこで、休んでいこう」

剣一郎は自身番屋に向かった。

「ご苦労さまにございます」

番屋の者が声をかけてきた。

「いや。凄まじい土埃だ」

剣一郎は手拭《ぬぐ》いで顔や衣服についた埃を払う。

「さあ、どうぞ」

番屋の者が茶をいれてくれた。自身番には他に家主と町内雇いの番人が詰めている。

「儀島さまも只野さまもどうぞ」

「かたじけない」

ふたりも湯飲みを受け取った。

「うまい」

剣一郎は茶をすすって言う。

「まこと」

只野平四郎が応じる。

「そう言えば、平四郎のところは、妻女が実家に戻ったそうだな」

「はい。多恵《たえ》さまには安産のお守りを戴《いただ》いたりと、何かとお世話になりました」

剣一郎の妻女の多恵が、はじめて身籠《みご》もった平四郎の妻女の不安をやわらげるために、話し相手になってやったり、助言を与えたりしてきた。

「多恵さまには、私のときにもお世話になりました」

礒島源太郎が横合いから言った。

多恵はとにかく面倒見のよい女だ。それは役所の朋輩《ほうばい》の家族に限らず、商家の者であっても、町人であっても、貧しい長屋暮らしの者であっても、分け隔てなく相談に乗ってやっているのだ。

「只野さま。男の子か女の子か、お楽しみでございますね」

書き物をしていた家主が顔を上げて言う。

「私はどちらでもいい。とにかく母子共に元気であってくれれば」

「そうか。平四郎は今は独り身か。うらやましいな」

礒島源太郎が笑いかけた。

「いいえ。家内がいないと何も出来ないので」

「しかし、羽根が伸ばせるのも間違いない」

「いえ、私はそんな」

平四郎はあわてて言う。

「自由でいいだろう。だがな、子どもが生まれたら、おぬしは細君に相手をしてもらえなくなるぞ。私のところがそうだ」

礒島源太郎が冷やかした。

「いや。家族が増えることはめでたいことだ」

剣一郎は湯飲みを置いて、

「さあ、出かけるとしようか」

と、立ち上がった。

外は、相変わらず風が強い。

塀《へい》の傍に燃えやすい物を積んでいる商家に注意を与えたり、不審者に構わず声をかける。そうして、本郷三丁目にやって来た。

薬種問屋や扇問屋などの商家が並んでいる。屋根の上の大きな足型の看板は足袋《たび》問屋の『大森屋《おおもり》』だ。

加賀《かが》藩の上屋敷やその他の大名家にも出入りをし、手広く商売をやっている店だ。

剣一郎たちがそこに差しかかったとき、『大森屋』から派手な格子の着流しの男が出《で》て来た。痩《や》せて背は高いが、女のように色白のにやけた感じの男だった。男は懐《ふところ》手をしている。

「あっ」

と、只野平四郎が叫んだ。

「どうした？」

剣一郎は驚いて平四郎を見た。

「いえ、違いました」

平四郎がひと違いだと言った相手は、『大森屋』から出て来た男だ。剣一郎は別の意味で、その男に注意が引きつけられた。

何か、胸騒ぎがする。しばらくして、主人の大森屋彦兵衛《ひこべえ》が現れた。先に出て来た男を見送りに出たのだろうが、その目は憎々しげに見えた。

大森屋が引っ込むと、小僧が出て来て塩を撒《ま》いた。主人に、言われたのであろう。

「青柳さま。いかがなさいましたか」

立ち止まった剣一郎を訝《いぶか》しく思って、礒島源太郎がきいた。

「今の大森屋の顔を見たか」

「はい。何やら、恐ろしい形相《ぎょうそう》でございました」

「それに、小僧が塩を撒きました」

只野平四郎が付け加えた。

剣一郎は青痣が疼《うず》いた。何か事件の鍵をつかんだり、怒りに燃えたりしたときには、昔受けた刀傷の青痣が疼くのだ。

長年の経験からか挙動不審な様子に敏感に反応する。商家の下男が外で通りがかりの者に手紙のようなものを渡したのを見て、商家にもぐり込んでいた盗賊の一味が仲間に繋《つな》ぎをとったのだと見抜いたこともあった。

「先に出て行った男、懐に小判を持っていたようだ」

「そう言えば、懐に手を入れておりましたね」

「うむ。大金を持っていたはずだ」

見送った大森屋の顔が怒りに満ちていた。それに、小僧に塩を撒かせた。そのことからも、歓迎すべからざる客だったことがわかる。

剣一郎は気になった。風烈廻りの役務ではないが、このまま捨てておけない気がした。

大森屋が、あの男に強請《ゆす》られて、大金を出したという想像が働くのだ。

「あの男をつけてくれないか」

剣一郎は、湯島《ゆしま》のほうに向かう男を見て言った。

「畏《かしこ》まりました。私が」

年下の只野平四郎が応じ、すぐに今の男のあとを追った。

「春平の奴、張り切っておりますね。子どもが出来ると、違うものですかねえ」

礒島源太郎が苦笑した。

平四郎が駆けて行く後ろ姿を見送って、剣一郎は微《かす》かな不安を持った。平四郎の父親の只野平蔵《へいぞう》は南町奉行所定町廻り同心として鳴らした男だ。同心の最高の位が、定町廻り、隠密廻り、臨時廻りの三廻りであり、同心ならばそこを目指すのは当然だ。

だが、平四郎は父親の期待を受けてのことだろうが、定町廻りに向ける意欲が人一倍強いように思われる。いや、目標を定めて頑張るのはいい。ただ、無茶をしないかが心配なのだ。

今も、尾行に張り切る姿が気になった。

が、それも一瞬で、すぐに剣一郎は大森屋に思いを向けた。

剣一郎は『大森屋』の塀の横に、荷が高積みされていたのを理由に、『大森屋』に入って行った。

小肥《ぶと》りの番頭に、

「荷が外に出ている。このような風の強い日は用心が必要だ。あとで片づけるように」

「は、はい。申し訳ございません。すぐに片づけさせます」

「すまないが、主人を呼んでもらいたい」

「あの荷のことは私が指図したのでして、旦那さまの知らないことでございます」

必死に、主人をかばおうとしている。

「いや。その件ではない。心配いたすな」

剣一郎が安心させると、番頭はすぐに奥に向かった。

大森屋彦兵衛がやって来た。目が細い、扁平《へんぺい》な顔をしていて、いかにも傲岸《ごうがん》そうだ。大名屋敷に食い込んで、どんどん店を大きくしていった遣《や》り手である。

「青柳さま、何かございましたでしょうか」

「うむ。ききたいことがある」

大森屋は一瞬顔をしかめたが、

「では、こちらへ」

と、剣一郎を奥に通した。

客間で向かい合ってから、

「さっき、店から出て行った男は何者だ？」

と、剣一郎はきいた。

「さっき？」

「三十前後の遊び人ふうの男だ」

大森屋は表情を変えた。

「あの男に、何か弱みでも握られているのではないか」

「めっそうもない」

大森屋は笑った。

正直に答えるとは思っていないが、今の反応は、あまりにも堂々としていて、こっちの考え違いだったのではないかと思わせるに十分だった。

「あの男は何者だ？」

「絵師の国重《くにしげ》先生でございます」

「なに絵師だと？　それに、国重とは聞かぬ名だ」

「これからの絵描きですので」

「なぜ、絵師がここに来たのだ？」

「絵を描かせてくれないかと言って来たのでございます」

「絵？」

「はい。枕絵にございます。それを買ってもらいたいと言うのでございます」

大森屋はにこやかに言う。

「それにしては、見送りに出たそなたの顔は普通ではなかった。隠さずに言うのだ」

「何を、でございましょうか」

「あの男、懐に小判を入れていると見た。それも、かなり重い」

大森屋はまたも笑った。

「とんでもございません。私はていねいに応対して帰っていただいたのです。ただ、あまりに売り込み方がしつこいので、もう二度と来てもらいたくないという思いから塩を撒いたのでございます」

「断じて、あの男に弱みを握られて金をとらせたことはないと言うのだな」

「決して、そのようなことはございません」

剣一郎が目を見つめると、大森屋も見返してきたが、やがて先に目を逸《そ》らした。

「大森屋。もし、強請られていることがあれば、毅然《きぜん》とした態度を示しておかなければ、あとあと困ることになるぞ」

「お言葉ではございますが、そのようなことは決して」

「そうか。わかった」

大森屋は一瞬険《けわ》しい顔をした。

「国重の住まいはどこだ？」

「知りません。勝手にやって参りましたので」

「どこの馬の骨ともわからぬ絵師を部屋に上げて、話を聞いたというのか」

「はい。場合によっては、絵師の応援をしてやってもいいと思ったものですから。でも、あの絵師は品性が卑《いや》しそうだったので、やめにしました」

「邪魔した」

剣一郎は立ち上がった。

気にくわん、と剣一郎は思った。国重を見送ったときに一瞬見せた表情。あれは、明らかに怒りと屈辱に堪えている表情だった。

何かある。剣一郎は途中、『大森屋』を振り返った。


その頃、只野平四郎は『大森屋』を出て来た男のあとをつけて、昌平坂を下り、神田川沿いに差しかかっていた。

樹木の葉が落ち、川の水も寒々として、晩秋のもの寂しげな風景が広がっている。気のせいか、風は少し弱まって来たようだ。

男は昌平橋を渡らず、そのまま神田川沿いを行く。

荷足船が川を下って行く。男はしばらく船と同じ速度で歩いているようだったが、いつの間にか、船はだいぶ先を走っていた。

男は和泉《いずみ》橋を渡った。平四郎も少し遅れて橋を渡った。

相手は一糸乱れぬ歩き方だった。常に一定の歩調で、歩いている。渡り切ったとき、ふと女の悲鳴が聞こえた。平四郎は耳をそばだて、悲鳴のする方角を確かめた。また、悲鳴が上がった。助けをもとめているのだ。あとをつけていた男はさっさと先を行く。平四郎は迷った。あとをつけるべきか、女を助けるべきか。

平四郎は一瞬の迷いの末に、悲鳴のほうに一目散に駆け出した。

柳原《やなぎわら》の土手下の古着を売る掛け小屋の店の裏手で、振り袖の娘がふたりのごろつきにからまれていた。

「おい、何をしておる」

ぎょっとしたように、ごろつきは娘から手を離した。

「お助けください」

娘が平四郎の傍に駆け寄った。まだ、十五、六の娘だ。

「旦那。あっしたちは何もしちゃいませんぜ」

顔を歪《ゆが》め、ごろつきが言う。

「白昼、狼藉《ろうぜき》を働くとは許し難い奴だ。番所に来てもらおうか」

平四郎は威《おど》した。

「冗談じゃありませんぜ。ただ、あっしたちはその娘が道に迷っていたようなので、案内してやろうとしただけですぜ」

「嘘です。付き合えって、いきなり私の手を摑《つか》んだのです」

娘が震《ふる》えを帯びた声で訴えた。

「こう申しておるが、どうだ？」

平四郎は大声を出した。

「旦那。その娘の勘違いだ」

「しかし、娘は案内を求めていないようだ。二度と、悪さをするのではない。よいな」

「へい」

「じゃあ、行け」

ちっと舌打ちし、ふたりは裾《すそ》をつまんで逃げるように駆けて行った。

「ありがとうございました」

娘が礼を言ったとき、お嬢さまという声が聞こえた。

「連れが探している。さあ、早く行きなさい」

「はい」

「悪い奴もおるから気をつけなさい」

礼を言って立ち去る娘を見送ったあと、平四郎は急いでさっきの道まで戻った。だが、もうどこにも男の姿はなかった。

平四郎は悄然《しょうぜん》とした。人助けをしたとしても、尾行に失敗したことは間違いない。

平四郎は空を見上げて深くため息をついた。晩秋の陽光が斜めから射していた。

剣一郎たちの一行は、湯島から山下《やました》を通り、稲荷町までやって来た。そこに、只野平四郎が追いついてきた。

「青柳さま。失敗しました。申し訳ありません」

「いや。気にするな。大森屋から、名前を聞き出せた。絵師の国重というそうだ」

「絵師？」

「大森屋に、国重は絵の売り込みに来たようだ」

「そうですか」

尾行の失敗が大きく影響しないとわかって、平四郎はほっとした。

「平四郎。別に咎《とが》めるつもりではないが、尾行に失敗したとはおぬしらしくない。相手に気づかれたのか」

儀島源太郎が真顔できいた。

「いいえ、気づかれてはいなかったと思うのですが」

「何があったのだ？」

「はい。和泉橋を渡った辺りで、娘がごろつきにからまれておりました。一瞬迷ったのですが、娘を助けに入り、そのために見失ってしまいました」

剣一郎が笑みを漂わせ、

「平四郎。それでよい。よくやった」

と、平四郎を褒《ほ》めた。

平四郎のよい点は、娘を助けたためにつけている男を見失ったと、言い訳を先に言わないことだった。


その後、巡回を終え、剣一郎は奉行所に戻った。夜になって、さらに肌寒さが増したようだった。

ちょうど、同心詰所から出て来た植村京之進を見かけた。帰るところらしい。

「京之進」

剣一郎は呼び止めた。

「ああ、青柳さま」

京之進は若いながら定町廻り同心として思う存分腕を発揮している。青痣与力の剣一郎に畏敬《いけい》の念を持って接してくれている。

「たいしたことではないのだが、ちょっと気になる男を見かけた。絵師の国重という。この男が本郷三丁目にある足袋問屋『大森屋』から出て来たとき、懐に手を入れていた。あれは懐に大金が入っているからだと見た」

と、剣一郎はそれから大森屋と会ったことを話し、

「大森屋は金を渡していないと言っているが、どうも気になる。ちょっと心に留めておいてくれ」

「大森屋ですか」

京之進は厳しい顔になった。

「何か、大森屋にあるのか」

「例のかまいたちの犠牲者のひとりに、『高崎屋《たかさき》』という足袋屋がおりました」

「足袋屋であれば、『大森屋』の同業だな」

「はい。『高崎屋』は湯島にある足袋屋です。この『高崎屋』を調べているうちに、『大森屋』との確執が浮かび上がって来ました」

「ほう」

「『高崎屋』は数年前から伸《の》してきた店ですが、腕のよい足袋の職人を高い手間賃で大森屋から引き抜いたり、得意先にも手を伸ばし、金を包んで歓心を買い、自分の客にしてしまう。そういうやり方で、大きくなってきた店です」

「強引な手法をとってきたわけだな」

「それより驚くことに、『高崎屋』の主人の孝之助《こうのすけ》は、以前は『大森屋』の手代だったのです」

「手代だと。手代にまでなりながら、辞めたのか」

「はい。店の金を使い込んだという理由で、やめさせられたそうです」

「そのことの恨みもあって、『高崎屋』は『大森屋』にいやがらせとも思える強引な手段に出ているというわけか」

「はい。そんなおりに、高崎屋孝之助が殺されたのです」

「すると、かまいたちは殺しを依頼されたという可能性があるんだな」

「はい。かまいたちは無差別にひとを殺しているのではなく、誰かの依頼を受けて殺しを請け負っておると思われます」

「なるほど」

「ただ」

と、京之進は顔をしかめた。

「何か、あるのか」

「先日殺されたのは浪人です。あの浪人は深川《ふかがわ》に住んでいる野上伊右衛門《のがみいえもん》という侍でした。食いっぱぐれの浪人です。金のないことを除けば、他人を泣かすような悪い侍ではありませんでした。長屋の者の評判も悪くありません。そんな浪人を殺すために、殺し屋を頼む人間がいるのか。そのことが疑問に思えるのです」

「うむ。殺し屋を雇って、その浪人を殺す目的は何かということになるな」

「はい。いずれにしろ、大森屋が高崎屋殺しに関係している可能性が強いと思われますが、証拠はまったくありません」

「そうか。私もそれとなく大森屋を気にかけておこう。呼び止めてすまなかった」

「はっ」

京之進は奉行所を出て行った。

（大森屋と高崎屋か）

そのことを考えながら、剣一郎は与力詰所に引き上げた。

三

五日後のことだった。ときおり、風が吹いて来るが、強いものではない。

礒島源太郎と只野平四郎は、昼過ぎから市中の見廻りに出ていた。

きょうは小網《こあみ》町のほうから見廻りをして来た。浜町河岸《はまちようがし》に出ると、左に折れて北に向かった。

しばらく火事も起きず、平穏な日々が続いている。が、えてしてこういうときに、惨事が発生するものだ。

そう青柳剣一郎に言い含められている事柄を胸にたたき込み、平四郎は目を注意深く周囲に向けていたが、やはりいつしかかまいたちと呼ばれる殺人鬼を探し求める目になっていた。

なにしろ、かまいたちと対峙したのは平四郎だけなのだ。頬かぶりした顔はわからずとも、会えば雰囲気でわかる。平四郎はそう思っているので、知らず知らずのうちに道行く男をじっと観察していたのだ。

おやっと、平四郎は思った。対岸に見覚えのある男が身を潜《ひそ》めるようにして歩いていた。もちろん、殺人鬼ではない。

「あれは……由蔵《よしぞう》だ」

平四郎は覚えず呟《つぶや》いた。

「平四郎、どうした？」

礒島源太郎が聞きとがめた。

「はい。向こう岸を行くのは由蔵と言い、以前、我が屋敷に奉公していた男です」

由蔵は同心の父平蔵に仕えていた。父は定町廻りだった。その父の小者として仕えたが、父が非番のときは下男として屋敷内の雑用を何でもやった。

「そうか。おや、あの男……」

対岸の河岸を、由蔵はただ歩いているのではないことは、腰を落とした歩き方でもわかった。

「前を行く男をつけているようじゃないか」

礒島源太郎は怪《あや》しむように言う。

確かに、由蔵の前を着流しの侍が歩いていた。その侍のあとをつけているのだ。さすがに元小者だっただけに、相手は尾行にまったく気づいていないようだった。

由蔵は、平四郎より三つ年上だったから、今は二十九歳になる。小者を辞め、ある商家の婿《むこ》に収まったはずの由蔵が、なぜ侍を尾行しているのだろうか。

「平四郎。気になるみたいだな」

平四郎が由蔵に目を向けているのを見て、源太郎が言った。

「行って来い。横山《よこやま》町の自身番で落ち合おう」

「ありがとうございます」

平四郎は礼を言い、自分の若党と小者にこのまま行くように命じ、自分は目の前にかかる小橋を渡って堀の向こう岸に出た。

夕陽が屋根の横から射している。空は薄暗くなっていた。

小笠原《おがさわら》家の屋敷の塀が途切れて、久松《ひさまつ》町の町並みが現れた。突然、由蔵の姿が消えた。平四郎は小走りになった。

由蔵の消えた辺りに、路地が幾筋かあった。

平四郎は下駄《げた》屋の角を曲がった。由蔵の姿は見えない。路地の突き当たりをまた左に折れる。

子どもたちが遊んでいた。といっても皆がいっしょに遊んでいるわけではなく、独楽《こ》廻《ま》しに興じている子らと、地べたに棒切れで絵を描いている子らと、なにかじゃれあっているような子らが、皆一つ所にいた。そこは少し広い場所なので、子どもたちの溜《た》まり場になっているのだろう。

平四郎はその中で、家の壁に寄り掛かって生意気そうに腕組みをしている年長の男の子に声をかけた。

「今、ここにおじさんがやって来なかったか」

「あっちだ」

指を差して、子どもはすぐに顔を仲間のほうに戻した。

「ありがとう」

平四郎は指で示されたほうに向かった。しかし、由蔵の姿はなかった。つけていた男に撒かれてしまったのか、それとももっと遠くに行ったのか。

平四郎は辺りを探してみたが、由蔵を見つけることは出来なかった。ふと見上げた屋根の上に黒い雲が浮かんでいた。

由蔵はどうしたのだろうか。平四郎は路地を曲がり、さらに先に向かった。通りに出た。荷を背負った男が前屈《かが》みに歩いている。願人坊主の姿も見えた。だが、由蔵の姿はなかった。

侍屋敷の一帯に出た。そうか、さっきの侍はこの屋敷のどこかへ行ったのかもしれない。念のために侍屋敷が続く道に入った。人気《ひとけ》がない。どの家の門も閉まっている。

途中にある侍屋敷の門から下男らしき男が出て来た。

「ちと訊《たず》ねるが、ここを侍か町人が通らなかったか」

平四郎は下男らしき男にきいた。

「いえ。どなたも」

「そうか」

侍屋敷を突き抜けると、通りをはさんでまた侍屋敷が続く。その通りに辻番屋があったので、そこの番人に由蔵の特徴を言ってきいた。

侍も由蔵らしき男も通らなかったという答えだった。その辻番屋から来た道を戻った。由蔵たちはこの道を来たのではないと思った。

平四郎は引き返し、もう一度辺りを歩き回った。すると、凝《こ》った造りの家の前に出た。さっきも通ったのだが、改めて見ると、格子造り、黒板塀の小粋《こいき》な家だが妾宅とは少し趣《おもむき》が違う。どこか淫靡《いんび》な感じがしないでもない。

気になった。由蔵がつけていた侍がここに入ったのか。そんなはずはないと思いながらも、素通り出来ないなにかを感じた。

平四郎は思い切って格子戸を引いてみた。

「ごめん。どなたかおらぬか」

平四郎は大声で奥に向かって呼びかけた。

ことりという物音がした。やがて、暗い奥から人影が近づいて来た。老婆だ。

「どちらさまで」

欠けた歯から空気が漏れるような声だ。

「私は只野平四郎と申す。こちらに誰か男が訪ねてこなかったかな」

「いえ、どなたもお見えではありませぬが」

「そうか。ところで、ここは誰の家だな」

「絵師の国重の家でございます」

「なに、国重とな」

平四郎は声を張り上げた。

絵師の国重とは『大森屋』から出て来た男の名だ。そして、そのときは名前を知らなかったが、尾行した相手である。

平四郎は胸が高鳴るのを意識した。

「国重は、今おるのか」

「はい。今、離れで絵筆をとっております」

「呼んでもらうわけにはいかないか」

ともかく、顔を確認しておく必要があった。

「ちょっと聞いてまいりまする」

老婆は立ち上がった。

しばらく待たされた。ふと、どこからか見つめられているような気がした。何者かが、暗がりからじっと平四郎を見つめているような不気味さがあった。

男がやって来た。背の高い、色白の男だ。間近に見ると、まるで女形《おやま》のような、妖《あや》しい雰囲気がある。

「国重でございますが、いったい何用でございましょうか」

女のように優しい笑みを浮かべた。が、平四郎は背中に何かが走り抜けたような気がした。それは一瞬だった。その正体が何なのかわからない。

「いや。そなたに用なのではない。じつは、私の知り合いをこの界隈で見失ってしまった。もしやと、思ってきいてみたのだ」

平四郎は心を落ち着かせて言った。

「さようでございますか。いえ、こちらにはどなたもお見えではありません。もっとも、私は離れに閉じ籠もり切りでしたから」

国重は振り返って、

「おい、婆さん。おまえ、誰か見なかったか」

と、老婆にきいた。

「いえ。見ません」

老婆はぼそぼそという感じで答えた。

国重は顔を戻し、

「こっちには誰も来ていないようです。どのような方でございますか」

「いや。よいのだ。それより、そなた」

「はい、なんでございましょうか」

「先日、本郷三丁目の『大森屋』を訪れなんだか」

「『大森屋』でございますか。はい。確かに、絵を買っていただけないものかとお頼みに伺《うかが》いました」

「で、どうだったのだ？」

「私のような無名のものに出す金はないと、体《てい》よく追い払われました」

「金をもらったのではなかったのか」

「いえ。むなしく引き上げました」

国重は大森屋と同じことを言う。

だが、青柳剣一郎は『大森屋』から出て来た国重が懐手をしていたことから、大金を手にしたと睨《にら》んでいるのだ。

しかし、それも証拠はない。

「絵のほうの師はどなたなのだね」

「昔は師事しておりましたが、考え方の違いから今はひとりでやっております」

「どのような絵を描くのだ?」

「離れをご覧いただくといいのですが、今、作業にとりかかっているところでございますので」

「いや。気にしなくともよい。そのうち、見せてもらおう」

「いつでも、どうぞ」

「邪魔した」

平四郎は外に出ると、不思議なことに手のひらにびっしょり汗をかいていた。緊張していたのだ。あの男には何かひとを緊張させるものがあるのか。

ともかく、偶然とはいえ、絵師国重の住まいがわかったことを、青柳さまに報告しなければと思いながら、源太郎と約束した横山町の自身番に向かった。

四

翌日、平四郎は雀《すずめ》の囀《さえず》りで目を覚ました。

いつもは妻女の小夜が起こしに来てくれるのだが、今は実家に帰っているので、妻女の声はしなかった。

きょうは非番なので、もう少し眠っていようかと思った。

ゆうべ、由蔵のあとをつけて偶然に、絵師の国重に出会った。あれから、奉行所に帰って、青柳剣一郎にそのことを告げた。

青柳剣一郎はすぐ定町廻りに知らせたようだ。もっとも、定町廻りのほうは、かまいたちの探索に追われており、国重のことにかかずらっている余裕はないかもしれない。

それにしても、あの国重という絵師。ほんとうにただの絵師なのだろうか。青痣与力の眼力の鋭さはかねてから定評がある。その眼力によって解決出来た事件も数知れない。その青痣与力が、国重の懐に大金があると睨んだのだ。

だとすれば、国重は嘘をついていることになる。いや、国重ばかりではない、大森屋もそうだ。

もし、ふたりが嘘をついているとしたら、それは何なのだろうか。何かを種に、国重は大森屋を強請《ゆす》っていることは間違いない。

大森屋の秘密とは……。

庭から父平蔵の声が聞こえた。若党や小者らと庭に出ているらしい。

平四郎は起き、顔を洗ってから庭に出た。隠居の父は、最近になって花の栽培をはじめている。

今、菊が盛りだ。白菊、黄菊が上品な姿を見せている。

旗本・御家人は武士の体面を保つために内職をしたりして生活の糧《かて》を得ているが、奉行所の与力・同心は付け届けがあり、経済的には恵まれている。

今、平蔵が庭で花の栽培をしているのはあくまでも隠居後の道楽であった。

花の世話を終え、朝食の膳《ぜん》についた。

平蔵が現役時代からの若党が食事の支度をしてくれた。

妻女の小夜は身重の体で、今は実家に帰っていて、屋敷にいるのは男だけだった。

長い間、南町奉行所定町廻り同心として働いてきた平蔵は、五年前に母が死んだのがよほど堪《こた》えたのか、もって同心代替わりの手続きをとった。その年の大晦日に、平蔵に代わって抱え席の新任に平四郎が就いたのだ。

同心は一代抱えで、一年ずつ新たに召し抱えを言い渡される。一代限りで、世襲はない。だが、それは形式で、実際には必ず召し抱えるし、子に代を譲ることも可能で、世襲されているのと実質は同じだった。

「これは、青柳さまの奥様から戴いたものだ」

平蔵が菜の漬物を箸《はし》でつまんだ。

「いつもありがたいことです」

妻が実家に帰っていることを知って、青柳剣一郎の妻女多恵さまはいろいろなものを届けてくださるのだと、平四郎は感謝をした。

朝食を終えたあと、

「父上。きのう、由蔵を見掛けました」

と、平四郎は言った。

「なに、由蔵か。久しく会っていないが、元気そうだったか」

「それが、御家人ふうの侍のあとを尾行しておりました」

「尾行とは穏やかではないな」

平蔵は眉根を寄せた。

「由蔵は、おぬしの母上が病気のとき、よくわしらの世話をしてくれた。ここをやめるとき、何か困ったことがあれば遠慮なく言いに来いと伝えたのだが、あの者の性分として困ったときには助けを求めには来ないだろう」

「由蔵のところに行ってみましょうか」

「うむ。そうしてもらおうか」

平蔵は珍しく強い口調で言った。

平蔵は定町廻り同心としておおいに腕を揮《ふる》ったものだ。その平蔵の気持ちはわかっている。平四郎に自分のあとを継いで、定町廻り同心として活躍してもらいたいのだ。

早く、父の期待に応えたいと、母の死後、めっきり老け込んだ父を見ていると、平四郎はそう思うのだった。

平四郎は昼過ぎに、着流しに刀を落とし差しにして屋敷を出た。

平四郎はこの八丁堀《はっちょうぼり》の組屋敷で生まれ、育って来た。ここから、学問所や剣術道場に通ったのだ。

友達は皆、与力、同心の子どもであり、自分たちも父親と同じ道を進むことが決められていた。

そういう中にあって、由蔵は平四郎とはまったく別の世界の人間だった。単なる奉公人とは違う。ときには兄のようでもあり、よき友でもあった。

平四郎は、八丁堀を出てから、由蔵が婿に入ったという家を訪ねるために、仙台堀《せんだいぼり》沿いにある深川今川《いまがわ》町に向かった。

由蔵は小間物屋『佐久《さく》屋』の主人藤助《とうすけ》に気に入られ、娘婿に入るために、屋敷をやめて行ったのだ。

『佐久屋』の申し入れを平蔵は由蔵のために喜び、婿入りを勧めた。小者を続けるより、将来のことを考えたら『佐久屋』に婿入りしたほうがいいと判断したのだ。

由蔵は、只野の屋敷を離れるのが辛《つら》そうだったが、父の強い勧めで、『佐久屋』の娘お京《きょう》の婿になったのだ。

永代《えいたい》橋を渡ると、もう晩秋の気配が色濃くなった対岸の風景が一望出来た。空気の色も、匂いも今までとは違って、冬がそう遠くないことを思わせた。

永代橋を渡って左に折れる。隅田《すみだ》川沿いの道を、川を遡《さかのぼ》るようにして油堀を越え、やがて仙台堀に出た。

そこを右に折れれば、今川町だ。

小間物屋『佐久屋』はすぐに見つかった。

間口一間ほどの店が晩秋の陽射しの影になってひっそりとしている。繁盛している店だと聞いていたが、ひっそりとしている。

平四郎は薄暗い店に入った。店先には誰もいなかった。

「ごめん。どなたかおらぬか」

平四郎は奥に向かって声をかけた。

薄暗い奥から、ごそごそと物音がして、やがてぼんやりと人影が揺れた。よたよたした歩き方で、白髪の年寄りが出て来た。天窓からの明かりが、頬がこけ、病的に痩《や》せている男の顔を浮かび上がらせた。

「何か、お求めでございますか」

「いや、そうではない。こちらに由蔵という者がおると思うのだが、呼んでもらえぬか」

戸惑いの表情で、しばらく老人は平四郎の顔を見つめていた。いや、その目は虚《うつ》ろで、意識が遠退《の》いているような不安がした。

もう一度、平四郎が声をかけようとしたとき、

「由蔵は今、ここにはおりませせぬ」

と、やっと老人は目をしょぼつかせて答えた。

「おらぬと言うのは、外出しているということか」

「いえ」

老人は辛そうな顔を俯《うつむ》けた。

「そなたは由蔵の？」

「はい。由蔵は私の娘婿でございます」

老人は『佐久屋』の主人の藤助であった。もう少し若いと思っていたので、意外だった。

「私は、八丁堀同心の只野平四郎と申す。以前、由蔵は私の屋敷に奉公していた。久しぶりに会いに来たのだ」

「只野さまでございますか。由蔵から聞いておりました」

藤助はあわてて居住まいを正した。

「で、由蔵は？」

「はい。じつは、その」

藤助の歯切れが悪い。

そのとき、入口に影が射した。老人の目に怯《おび》えと怒りの色が浮かんだ。

平四郎は振り向いた。そこに、三十ぐらいの白の小紋をこざっぱりと着こなした男が立っていた。苦み走った顔だ。

「とっつあん、また、あとで来るぜ」

平四郎をちらっと見てから、男は踵を返した。

「今の男は誰だ？」

「与之助《よのすけ》という男です」

「与之助？　何者なんだね」

「それは……」

またも藤助は言いよどんだ。

よほどいいづらい事情があるのだろう。

「由蔵のことだが」

平四郎は改めてきいた。

「はい。由蔵は、今ここにはおりません。一年ほど前に、出て行きました」

「出て行った？　娘さんと離縁したのか」

「はあ、そんなところです。でも、ときたま、ここに顔を出しますが」

なんだか、あやふやな言い方だった。

「いったい、どうして離縁になったのか。由蔵に何か落ち度でもあったのか」

いらだちを抑えて、平四郎はきいた。

「いえ、そうじゃありません。由蔵はよくやってくれました。いけないのは娘です。娘のお京が悪いんです」

「何があったか教えてくれないか」

「はい。いろいろありまして」

だが、藤助はなかなか言い出そうとしなかった。

「娘さんには会わせてもらえるか。お京さんだ」

「お京も、今はうちにいませんので」

「どうしたのだ？」

「へえ」

藤助から事情を聞くのは難しいようだ。事情なら、由蔵から聞けばいい。

「では、由蔵の住まいを知っていたら教えてもらいたい」

「はい。仙台堀を行ったところにある東平野《ひがしひらの》町です。そこの泥水《どろみず》長屋と呼ばれているところに住んでいます」

「泥水長屋だな。わかった。とにかく、そこに行ってみよう」

平四郎は腑《ふ》に落ちないまま店を出た。

堀沿いの柳の木の陰に男の後ろ姿があったが、さっきの与之助という男ではなかった。

てっきり、近くで平四郎が引き上げるのを待っているかと思ったが、辺りを見回しても、与之助の姿はなかった。


仙台堀に沿って東に行く。東平野町は対岸にあるので、途中、海辺《うみべ》橋を伝って向こう側に渡った。ここが西平野町で、さらに今度は堀を右に見て東に進むと、東平野町に出た。

途中、青物屋できいて、泥水長屋はすぐにわかった。水はけが悪いので、大雨になると、泥水が土間に入り込んで来ることから、泥水長屋と呼ばれたらしい。今は、だいぶ改善されたが、去年の大雨のときは久しぶりに床上まで浸水したという。

長屋の路地を入って、由蔵の住まいを探した。路地に誰もひとが出ていなかった。鑿《のみ》の絵が描かれた家や名前の書かれた家を外して行くと、腰高障子に何も書いていない住まいの前に立った。

留守の可能性もあったが、平四郎は戸を叩《たた》いた。案の定、中から応答はない。

隣の家の戸が開いて、白粉《おしろい》焼けをした女が出て来た。夜鷹か何か、そんな商売をしている女に特有な荒《すさ》みのようなものがあった。

「由蔵さん。ゆうべから帰っちゃいませんよ」

気だるそうな声で言う。

「ゆうべから」

侍の男のあとをつけていたが、そのあと何かあったのかと、不安になった。

「どこへ行ったかわからぬか」

「さあ」

女は首を傾《かし》げた。

「由蔵は何をやっているんだ」

「小間物の行商ですよ。『佐久屋』の品物を行商で売って歩いているんですよ」

家を出ても、『佐久屋』の商売はしているということだ。

「由蔵は今川町にある『佐久屋』の婿に入ったはずだが、どうしてそこを出て来てしまったんだ？」

「追い出されたんですよ」

女が不快そうな顔で言う。

「何か不始末でもしたのか」

「由蔵さんは不始末などしませんよ。旦那。こんな所で立ち話もなんですから、入りなさいよ」

女が平四郎を招いた。

「よいのか」

「遠慮なんていりませんよ。汚いところですけどね」

平四郎は差料を腰から外し、右手に持ち替えた。

三畳ほどの部屋と狭い台所があるだけだ。箪笥《たんす》と茶箪笥が並び、行灯《あんどん》の横に鏡台がある。女所帯らしく、掃除が行き届いていた。

「さあ、上がってくださいな」

先に上がった女が、茶箪笥から茶碗を出す。長火鉢では薬罐《やかん》の湯がたぎっていた。

平四郎は言われるままに上がった。

「どうぞ」

茶をいれてくれた。

「かたじけない。私は八丁堀同心の只野平四郎と申す」

女の顔が一瞬緊張したような気がしたので、平四郎はあわてて付け加えた。

「いや、定町廻りではない。そなたの名は？」

「みねです」

初めて顔を見たときは三十を越しているように思えたが、案外ともっと若いのかもしれない。

「で、由蔵のことだが」

平四郎は改めてきいた。

「由蔵さんが何かしたのですかえ」

おみねは警戒した。

「由蔵は、以前私の屋敷にいたことがある。久しぶりに訪ねたところ、『佐久屋』を出たという。義父の口が重たくてさっぱり事情が呑《の》み込めなかったのだ」

「由蔵さん、可哀そうなんですよ」

「いったい何があったのだ」

「これは由蔵さんから、聞いた話ですけど」

と前置きして、おみねが語った。

由蔵は五年前に、『佐久屋』の主人藤助に気に入られて、ひとり娘のお京の婿になった。お京は目鼻だちの整った派手な感じの女だった。由蔵は美しい妻と、小さいながらも、ゆくゆくはお店の主人になる。そういう幸運に恵まれたのだと思い、一生懸命に働いた。そして、所帯を持って一年経つと、得意先も増え、商売も順調に行きはじめた。

やがて、義理の父親も商売をすべて由蔵に任せるようになり、幸福な暮らしを送っていた。

だが、それはある日、突然崩れた。お京が家出をしたのだ。お京には間夫《まぶ》がいて、その男と店の金を持って逃げた。その間夫が与之助だった。

そもそも、『佐久屋』の主人藤助が由蔵をお京の婿にしたのは、ある期待があってのことだった。

お京は昔から遊び好きだった。いろいろな男と遊び回っていた。が、やがて、与之助という苦み走った顔立ちの男に惚《ほ》れてしまった。与之助はどこかの商家の次男坊で、博打《ばくち》と女遊びが激しくて親に勘当された男だった。

そんなお京を心配して、両親が由蔵といっしょにさせたのだ。これで、お京の遊び癖《ぐせ》が直るだろうと。

だが、それは一年と持たなかった。だんだん外出が多くなり、夜どこかに泊まって来るようになった。

お京は由蔵と所帯を持ったあとも与之助と切れていなかった。ある日、父親がお京を詰《なじ》ったところ、店の金を持って家を飛び出してしまった。

残された由蔵は、義理の二親《ふたおや》の面倒を見ながら商売を続けて行った。ところが、それから三年経った去年、お京がふらりと『佐久屋』に帰って来たのだ。

出来の悪い娘だといっても血のつながりは消せるものではない。藤助夫婦は娘が帰って来たことを喜んだ。由蔵も、お京を許そうとした。

だが、お京はひとりで帰って来たのではなかった。与之助もいっしょだったのだ。それからお京と与之助は夫婦気取りで家に住みはじめ、由蔵は奉公人の扱いだった。娘に何も言えない二親はただ由蔵に、許してくれと謝るだけだった。

さすがに、世間体を考えたのか、与之助は『佐久屋』を出て、近くの長屋に住みはじめた。だが、与之助は自由に『佐久屋』に出入りをしている。

こうなると、由蔵は『佐久屋』にいられない。『佐久屋』の主人はもはや由蔵のはずなのに、由蔵は文句一つ言わずに『佐久屋』を出たのだ。この長屋にやって来て、そろそろ一年になる。

「ひどい話だ」

平四郎も怒りを抑えきれなかった。

いくら娘が可愛いからといっても由蔵を追い出すなんて許せないと、藤助に対しても腹が立った。

「由蔵はさぞかし口惜《くや》しかったろうな」

「ええ。でも、由蔵さんは、そんなこと、何も言いませんけど」

「そうか」

なんというお人好しなのだと、平四郎は呆《あき》れる思いだった。

「由蔵さんが出て行ったあと、『佐久屋』はだんだん寂《さび》れていってしまったんですよ。私も、何度か、お店の前を通りましたけど、お客なんていませんよ。そりゃそうですよ。あのふたりにまともな商売は無理なんですから」

おみねは憤慨して言う。

「ところが、最近になって、お京さんがまた姿を消しちゃったんですって」

「しかし、与之助はさっき顔を見せたが？」

「与之助といっしょではなく、今度はお京さんだけ」

「どういうことだ。今度は、お京はひとりでどこかへ行ってしまったと言うのか」

「そうみたいです。それで、由蔵さんは、お京さんの行方を探し回っているんです」

さっき見た与之助の顔から、それほど切羽詰《せっぱ》まったものは感じられなかった。お京の行方を、与之助は知っているのだろうか。

話から聞くお京は、自由奔放な女だ。与之助だけに飽き足らず、また新たな男を見つけた可能性もある。

「お京がいなくなったことを、由蔵はどうして知ったんだ」

「お京さんの父親がここに訪ねて来たんですよ」

「そうか。由蔵はお京の行方を探してくれと頼まれたのだな」

「そうです」

お京はどこへ行ったのか。与之助は知っているのか、知らないのか。

平四郎は湯飲みを手にしたまま、考え込んだ。お京に飽いて、与之助がどこか岡場所に売り飛ばした可能性も否定出来ないと思った。

「そなたは、由蔵とは親しいようだな」

「さあ、どうでしょうか」

おみねは恥じらうように笑った。

「由蔵は、おまえさんには何でも話しているようだ。気を許しているからだ」

「話し易いんでしょう。あたしもひとからこっぴどく裏切られたことがあるんですよ。同じ傷を持つもの同士だからかしら」

ふと見せた表情は深い谷底のように暗かった。この女にもつらい過去があるのだ。

由蔵はこの女に同情を寄せていたのかもしれない。

「由蔵がよく行く場所を知らないか」

「いえ、知りません。あのひとは、仕事以外のことにはあんまし興味がないみたいで、仕事がないときはほとんど家にいましたよ。ただ、最近は、お京さんを探すために、外を駆けずり回っているようですけど」

「今まで、由蔵が帰ってこなかったことは？」

「なかったんじゃないかしら」

「じゃあ、ゆうべ帰ってこなかったのは、はじめてなのだな」

「そういうことになりますねえ」

おみねは不安そうな顔になった。

「いったい、由蔵さん、どうしたのかしら」

「お京の手掛かりを摑《つか》んだのかもしれぬ」

由蔵が尾行していたあの侍がお京の行方不明と関わりがある可能性がある。いずれにしろ、与之助から話を聞いておく必要がある。

「馳走になった」

平四郎は右手で刀を摑んだ。

「旦那。由蔵さん、だいじょうぶかしら」

おみねの目に不安の色が浮かんでいる。

「心配ない。そのうち帰って来るだろう。もし、帰って来たら、八丁堀の只野平四郎がやって来たと伝えておいて欲しい。また、数日のうちに来る」

「わかりました。そう伝えておきますよ」

平四郎は土間を出た。


平四郎は来た道を戻った。もう陽が西の空に傾いていた。家々の屋根の上から夕陽が射して来る。

すれ違うひとの顔が背後の夕陽で影になっていた。向こうから歩いて来る男が由蔵に思えたが、すれ違いざまに見た顔は別人だった。

再び海辺橋を渡り、『佐久屋』の前にやって来た。ちょうど、店から出て来た男が反対方向に歩いて行くところだった。与之助だ。

与之助は裾をつまんで隅田川のほうに向かった。呼び止めて、話を聞き出そうとしたが、先に住まいを確かめたほうがいいと思いなおした。

平四郎は与之助のあとをつけた。夕方になって、行き交うひとの数も増えたようで、与之助の姿がひとの陰に隠れた。が、そのぶん、こっちの姿も隠れるわけで、尾行はしやすかった。

与之助は上《かみ》ノ橋を渡り松平《まつだいら》家の下屋敷を塀づたいに清住《きよずみ》町から小名木《おなぎ》川に出た。そして、万年《まんねん》橋を渡って両国《りょうごく》方面に足を速めた。

竪川《たてかわ》に出て、一《ひと》ッ目《め》之橋を渡り、相生《あいおい》町一丁目に入った。与之助はまったく尾行には気づいていない。

平四郎は、与之助の住まいを確かめてから引き上げた。もう少し、調べてから与之助に当たるべきだと思ったのだ。

五

冬の訪れは早かった。今朝起きたとき、庭に霜が降りていた。

その日、青柳剣一郎が出仕すると、年番方与力の宇野清左衛門《うのせいざえもん》に呼ばれた。

年番方というのは町奉行所全般の取締り、金銭の保管などを行う。与力の最古参で有能な者が務めた。与力の最高出世が年番方である。その宇野清左衛門は奉行所のことに通暁《つうぎょう》しているので、奉行も一目置いている存在であった。あの小うるさい公用人の長谷川四郎兵衛《はせがわしろべえ》でさえも気を使っているほどなのだ。

「青柳どの。これへ」

剣一郎は清左衛門の近くに膝行《しっこう》した。

「じつは、御徒目付《おかちめつけ》組頭の原田宗十郎《はらだそうじゅうろう》どのからお呼びがかかっている」

「原田さまから」

一月《ひとつき》ほど前、解決した事件で、剣一郎は原田と知り合っていた。その事件とは、御家人殿村左馬之助《とのむらさまのすけ》の罠《わな》にはまり、『田丸屋《たまるや》』の主人友右衛門《ともえもん》が自分の妻とその情夫殺しの罪で死罪となったものだった。父の汚名を晴らそうと、事件を調べはじめた伜《せがれ》友太郎《ともたろう》もまた、殿村左馬之助の奸計《かんけい》によって、事件関係者の相次ぐ死の下手人にされたのだ。友太郎も父親と同じに無実のまま、引廻しの上の獄門の裁きを受けた。だが、処刑寸前に、原田宗十郎の力を借りて、友太郎を助けることが出来た。

若年寄の耳目《じもく》となって、旗本や御家人などを監察するのが御目付であり、その御目付を補佐し、巡察・取締りをするのが御徒目付である。その御徒目付をまとめているのが御徒目付組頭である。

御徒目付にはさまざまな仕事があるが、奉行所と密接に関係しているのは、牢屋の見廻りと拷問時の立ち会いである。

宇野清左衛門と剣一郎は本郷にある原田宗十郎の屋敷を訪れた。

客間で待っていると、原田宗十郎がやって来た。

鬢《びん》に白いものが目立つ四十前後の男だ。

「お待たせいたした」

「先日は、いろいろお骨折りいただきました。まことにありがとうございました」

「いや。あれは、何も私の力などではありませぬ」

原田宗十郎は笑った。

「いえ、原田さまのご尽力があって無実の者が救われたのでございます」

剣一郎は感謝の念を述べた。

「いや。それより、青柳どののお働きがなければ何も出来なかったであろう」

原田宗十郎は剣一郎を讃《たた》えた。

「それに、私のほうには弱みがあった」

原田宗十郎は苦笑した。

殿村左馬之助の接待を受けていたことを言ったのだ。その正直さに、剣一郎は好感を持った。

「じつは、御礼にお食事にお招きいたしたいと思っていたのですが」

宇野清左衛門が言うと、原田宗十郎は手を横に振り、

「旗本以下の侍を監察する我らには厳しい制約がある。大目付、目付ともなれば、近しい親戚以外の者とのつきあいは遠慮するようになっておるのだ。我らとて、監察する身であれば、誤解を招くようなことがあってはならぬ」

先日の一件で、不用意な接待はこりたのかもしれない。

「ご不自由なものですな」

宇野清左衛門がため息混じりに言った。

「真《まこと》でござる」

原田宗十郎は笑った。

が、やがて、その笑みが引っ込み、

「じつは、きょう来ていただいたのは……」

と言い掛けたが、すぐに声が途絶えた。

「なんでございましょうか」

宇野清左衛門が先を促《うなが》した。

「うむ。最近、七首の一突きで相手を絶命させる凄腕の男が出没していると聞いたがそれは真でござるか」

「さよう。我らは、その男をかまいたちと呼んでおります。奉行所も躍起になって探索を進めておりますが、手掛かりはありませぬ」

「原田さま。もしや、そのかまいたちに何か関わりのあることが？」

剣一郎は先走りしてきいた。

「じつは、私の配下に御小人《おこびと》目付の富沢滝次郎《とみざわたきじろう》と申す者がいる」

御小人目付も御徒目付と同様に、やはり御目付の下で働く者だが、特に隠密としての役割を担っている。

「その富沢滝次郎が、一昨日殺された」

「殺された？　もしや、七首で」

剣一郎は身を乗り出した。

「さよう。心の臓を見事に一突きにされていた。場所は妻恋坂の途中だ。三組《みくみ》町の組屋敷に帰るところを襲われたのだろう。発見したのは富沢家の中間《ちゅうげん》だ。帰りが遅いので、様子を見に行ったら坂の途中に倒れている主人を発見したというわけだ。亡骸はすぐに屋敷に運ばれた」

かまいたちは今度は武士を狙った。いや、これは単なる殺人ではない。やはり何者かに頼まれて、富沢滝次郎をやったのに違いない。

「失礼ですが、殺された富沢どのは何の探索を？」

「その件を申し上げることは御容赦願いたい。これは我らの秘密を要する仕事。ことが大袈裟《げさ》になると、敵に用心されかねない。いや、それより、果たしてそやつが下手人かどうかもわからぬ。どうか、おくみ取りを」

「わかりました。では、教えてください。富沢どのは心の臓を匕首で一突きにされて死んでいたのに間違いないのですね」

「私も傷を見た。間違いない」

「下手人を見た者は？」

「おらぬ。近くの辻番の者も悲鳴さえ聞いていなかった。悲鳴を上げる間さえもなかったのだろう」

もはや、亡骸は富沢家に引き取られ、病死として報告されたという。死体の傷を調べるまでもなく、かまいたちの仕業と見ていいだろう。

「我らは、そやつが何者に頼まれて富沢を殺したのかを知りたいのだ。それによって、富沢が追い詰めようとしていたものがわかる」

「探索は富沢どのおひとりでかかられていたのでございますか」

「もうひとりおる。御徒目付の今井誠次郎《いまいせいじろう》という男だ。このふたりで探索していたが、富沢滝次郎のほうが真相には深く食い込んでいたようだ。今井は富沢から報告を受けていなかったのだ」

「でも、今井どのは富沢どのがどの程度のことまで探ったかはご存じなのですね」

「うむ」

原田宗十郎は暗い顔になった。

「じつは、今井は富沢が殺されたと聞いてから、怯えて屋敷から出てこないのだ。病気と届けているが、すっかり腰が引けてしまっている。次に、自分が狙われると思っているのやもしれぬ」

「なぜ、それほど怯えるのでしょうか」

「殺された富沢滝次郎は直心影流《じきしんかげ》の達人でな。簡単にやられる人間ではないのだ。その富沢が匕首の一突きで殺されたことですっかり怖《お》じ気づいてしまったのだ」

原田宗十郎は真剣な眼差しになり、

「どうか。そやつを捕まえ、富沢滝次郎殺しを命じた者の名を聞き出してもらいたい。このとおりだ」

と、深く頭を下げた。

「言われずとも、かまいたちは奉行所も全力を挙げて捕まえなければならない相手です。必ずや、捕まえてみせます」

剣一郎は力強く言ってみたものの、かまいたちの正体が皆目見当もついていないのだ。

原田宗十郎の屋敷を出てから、宇野清左衛門が厳しい顔で言った。

「青柳どののお力を借りなければならない。帰ったら、このことをお奉行にお伝えしておく。よろしいな」

かまいたちの探索に陰ながら手を貸せという特命である。

「わかりました」

駕籠《かご》で奉行所に帰る宇野清左衛門と別れ、剣一郎は小石川から現場に行ってみた。

御小人組の組屋敷がある三組町は神田明神と湯島天神の間にある。そこを抜けてから妻恋坂にやって来た。

片側は武家屋敷の塀が続いている。おそらく、かまいたちはここで待ち伏せしていたのではないか。つまり、富沢滝次郎の行動を調べ上げていたのだ。

いくら凄腕の持主とはいえ、やみくもに襲うのではない。標的の行動を十分に調べ上げ、準備を整えた上での犯行だ。

剣一郎は改めて恐ろしい相手だと思った。微《かす》かに身震いしたのはすっと冷たい風が吹きつけたためだけではなかった。

その夜、剣一郎の屋敷に、同心の植村京之進が訪ねて来た。

客間で、向かい合う。多恵が庭に面した障子を閉めた。開けておくと、さすがに寒い季節になった。

「奉行所で、宇野さまから青柳さまのお力をお借りするようにと言われました。心強い限りでございます」

「いや。私はあくまでも外から手を貸すだけ。中心はそなたたちだ。で、これまでにわかったことは？」

「はい。五人の犠牲者について、それぞれ相手が死んで利益を得る者を洗い出すことが出来ました。ただ、その者たちが殺し屋を雇ったと口にするわけがありません。そこで、殺し屋とどうやって接触したのか、そのことを今調べているところでございます」

「うむ。結構だ。誰か共通の人間がいるはずだ。その者を通して殺し屋を雇ったのだ」

　かまいたちはまだ霧の中にいる。だが、いずれ霧が晴れ、かまいたちは正体を晒《さら》すはずだ。

「京之進。そちはさきほど五人の犠牲者と言ったが、実際は六人なのだ」

「六人？」

「じつは御小人組のひとりが殺された」

　剣一郎は原田宗十郎から聞いた話をした。

　京之進は目を見開いて聞いていた。

「殺された者は、直心影流の達人だったという。その男があっさり心の臓を一突きにされているのだ。生半可な腕ではない。おそらく、その者はあらゆる武芸、たとえば関口《せきぐち》流柔術や合気道に通じている者だ。いや、剣のほうも相当な遣い手であろう。ひょっとしたら、元は武士かもしれぬ」

「武士」

「そうだ。今は大小を捨てているが、剣術に長《た》け、その上に他の武術を習得した。その線から、かまいたちを洗い出すのだ」

「青柳さま。ありがとうございます。さっそくに、そのほうを調べてみます」

京之進は喜んで引き上げて行った。

かまいたちの話題に、顔が熱を帯びたように熱くなった。剣一郎は障子を開けて、廊下に出た。

暗い庭に、山茶花《さざんか》の白い花が微かに浮かんでいる。

多恵がやって来た。

「寒くはございませんか」

「いや。京之進と話していて、少し逆上《のぼ》せたようだ。ちょうどよい」

「そう言えば、京之進どのも興奮して引き上げて行きました」

「そうか。そうそう、いつも只野平四郎のところに気を使ってくれているそうだな。礼を言う」

「いいえ。私は何もしておりません。ただ、女中に届けものをさせているだけ」

そう言って、多恵は笑った。

「小夜さまはきっといい子をお産みになりますわ」

多恵は剣之助《けんのすけ》を産んだときのことを思い出しているのか、じつに幸福そうな笑みを浮かべていた。

六

非番の日を待って、また只野平四郎は屋敷を出た。

東平野町の長屋に、由蔵を訪ねた。だが、また留守だった。あれから四日、由蔵を見かけてから五日経っている。

平四郎は隣家のおみねを訪ねた。

「あっ、只野さま」

おみねは暗い表情を向けた。

「由蔵は帰っていないのか」

「ええ、あれから帰って来ないんです。どうしたって言うんでしょう」

おみねは不安そうに眉根を寄せた。

心の底から心配していることが、小さなため息が何度も繰り返されることでもわかった。この女、由蔵に惚《ほ》れているな、と平四郎は思った。

やはり、あの侍のあとを追ったまま、どこかへ行ってしまったようだ。尾行に気づかれて、なんらかの仕打ちを受けたのか。

それより、由蔵はなぜ、あの侍がお京の行方を知っていると思ったのだろうか。

やはり、与之助に会わなければならない。

「旦那。何か、私にお手伝い出来ることありませんか」

おみねは真剣なまなざしできいた。

「そのときは、頼もう」

そう言って、平四郎は長屋をあとにした。

この時間ならまだ家にいると思ったとおり、与之助は相生町一丁目の長屋にいた。

ちょうど出かけようとしているところで、腰高障子を開けたら、与之助が立っていた。

「誰でえ。おどかすな」

「与之助だな」

「なんでえ、てめえは?」

「由蔵の知り合いで、只野平四郎と言う。由蔵のことで、ちょっとききたい」

与之助は妙に赤い唇をひんまげて、

「由蔵なんて知らねえよ」

と、平四郎の脇をすり抜けようとした。

「待て」

平四郎は与之助を土間の中に戻した。

「いて、何をしやんでえ」

「騒ぐな。由蔵のことできたいだけだ」

不貞腐《ふてくさ》れた与之助を睨みつけるように見て、

「由蔵がここ数日帰っていない。どこに行ったのか知らないか」

「俺が知るわけない」

「偶然、由蔵を浜町河岸で見かけた。が、久松町で見失った。そのとき、由蔵は侍のあとをつけていた」

与之助の表情が動いた。

「その侍を知っているな」

「知らねえ」

「嘘ついてもだめだ。正直に言うんだ」

顔をしかめ、与之助は顎《あご》に手をやった。

「由蔵は、お京を探していたようだ。お京がどこにいるのか知っているな」

平四郎は声を強めた。

「俺は知らねえ」

「嘘つくとためにならぬぞ」

平四郎が威《おど》すと、与之助は引きつった顔になった。

「やはり、知っているな」

「違う。お京は、自分の意志で」

「やはり、そうか。お京はどこだ？」

平四郎は与之助の胸ぐらを摑んだ。

「何をするんだ」

「いいか。お京と由蔵のふたりが今、行方不明になっているんだ。正直に言わぬと、定町廻りに言いつけるぞ」

「冗談じゃねえ。俺はそんなやましいことはしちゃいねえ」

「よし。いいだろう。あとは番屋できこう。もし、生死にかかわるようなことになっていたら、おめえは死罪だ」

「待ってくれ」

与之助は青くなった。

「お京は、本所南割下水《ほんじよみなみわりげすい》の村木新五郎《むらきしんごろう》という御家人の屋敷に行ったんだ」

「なにしに行ったんだ?」

与之助は不貞腐れたようにあぐらをかき、

「博打《ばくち》の形だ」

と、吐き捨てた。

「博打だと?」

「村木新五郎の屋敷で開かれている賭場で大負けしちまった。その負け金が払えず、簀巻《すま》きにされそうになったのをお京が助けてくれたのだ。お京は、俺が金を作って持って行くまで、村木新五郎の屋敷にいる」

「なんて奴だ。で、お京は確かにそこにいるのだな」

「わからねえ」

「わからないとはどういうことだ?」

「由蔵は、お京の行方を探しに来た。あまりしつこいから村木新五郎の屋敷にいると教えてやったんだ。だが、あとで、由蔵がその屋敷にお京がいないと言って来たんだ。だから、そんなはずはない、お京は村木新五郎の屋敷にいるはずだと言うと、由蔵は他の場所に移されたのかもしれねえと言っていた」

「なるほど。それで、村木新五郎のあとをつけているのか」

「そうに違いねえ」

「おまえはどうしてお京を探そうとしないのだ？　まさか、お京を売った気でいるんじゃないだろうな」

「違う。俺だって金を集めているんだ。でも、それが出来なきゃ、お京を返してもらえねえから」

与之助は弱々しい声で言うが、本気でお京を奪い返そうという気があるように思えなかった。

「お京はおまえのために身を犠牲にしたのだろう。そのお京を粗末にしたら、ばちが当たる」

「だって、金が出来ねえことには……」

与之助は顔をしかめた。

「由蔵は、村木新五郎の屋敷にお京がいないと言っているんだ。それを聞いて、おまえは何の心配もしないのか」

「そんなことはねえけど」

「だったら、村木新五郎に会って、お京が無事かどうか確かめるんだ。ほんとうに、屋敷にいるかどうか」

由蔵が村木新五郎のあとをつけているということは、お京があの屋敷にいないからだ。中間《ちゅうげん》か下男か、あるいは出入りをする者たちに、由蔵は確かめたのに違いない。

「どうなんだ。やるのかやらないのか」

「だって」

与之助は泣きそうな顔になった。

与之助はもう少し骨のある男かと思ったが、根っからのやくざ者どころか、ただの女たらしに過ぎないようだ。

この男に何を言っても無駄だ。

「村木新五郎はどんな男だ」

「博打をしたり、強請《ゆす》りをしたりと、侍とは名ばかり。ごろつきですよ」

「そんな男に、よくお京を託したな」

与之助はぷいと顔を横に向けた。

やはり、お京に飽いて来ているのだろう。

お京を夢中にさせ、由蔵の運命まで狂わせ、あげく飽いたから捨てる。平四郎は、与之助に怒りを覚えたが、今は由蔵を探し、お京を無事に連れ戻すことが先決だと思った。

「この前、『佐久屋』に行ったな。お京の親に小遣いをせびりに行ったのだろう」

「そうじゃねえけど」

「よいか。もう二度と『佐久屋』に顔を出すな。お京とも縁切りだ。わかったな」

「へい」

与之助は渋々頷いた。

「もし、他の女にでも悪さをしていたら、しょっぴく。よいな」

威してから、平四郎は与之助の家を出た。


由蔵が追っていたのは御家人の村木新五郎だった。ふたりとも久松町で消息が途絶えたのは、久松町で何かあったとしか思えない。

平四郎は両国橋に向かった。冷気を含んだ川風が顔に吹きつける。日一日と冬に向かって行く。

あのとき由蔵が通ったと思われる道を辿《たど》り、久松町の町角を曲がった。

子どもたちが遊んでいた場所に出た。今は、子どもたちの姿は見られない。平四郎は足を止めた。

もし、ここを通ったのなら、子どもたちがふたりの男を見ているはずだ。目にしなかったのは、由蔵たちはこの道を歩いたのではないからだ。

いったん戻ってから、八百屋の角を曲がった。歩き回ったが、手掛かりはつかめない。

人通りの少ない裏道に出て、平四郎はおやっと思った。黒板塀で囲われた家が現れた。国重の家の裏側だ。

離れの屋根が見える。こうしてみると、広い敷地を持っていることがわかる。そうだ、何も訪問者が表からだけ入るとは限らない。

平四郎は天水桶《おけ》の横にある裏口に目をやった。

村木新五郎は、この戸を開けて中に入ったのかもしれない。

では、由蔵はどうしたのだろうか。そうか、由蔵はここでじっと裏手を見張っていたのだ。その間、平四郎はこの家を表から訪ねている。

その後、由蔵はどうしたか。村木新五郎が引き上げるのを待っていたのか。そして、出て来た新五郎を再びつけたのか。

いや、そうではない。国重の家を辞去したあと、平四郎はこの裏道にやって来た。そのとき、由蔵どころか、ひとの影もなかった。

すでに由蔵はいなかった。つまり、由蔵は村木新五郎がこの家に入ったのを見届けてから、この場から離れたのだ。ある意味では、由蔵は目的を達したのだ。

由蔵は、お京がここにいると考えたのではないか。

では、そのあと、どうしたか。ここが誰の家かを知ろうとしたはずだ。

辺りを見回したが、どこの家でも裏手に当たり、人の影もなかった。平四郎は角にあった八百屋に向かった。

間口二間ほどで、左手の台に大根やごぼうが並べられ、右手の台にはざるに入ったあずきやさつまいもなどがある。

平四郎が顔を出すと、奥からかみさんが出て来た。

「ちと、ものを訊ねるが、数日前の昼下がり、三十絡みの男がこの路地の奥にある黒板塀の家のことでやって来なかったか」

「ええ、来ましたよ。おとなしそうなひとで。あそこはどなたの家だときかれました」

あっさり、かみさんが答えた。

「で、なんと？」

「国重という絵師の家だと教えてやりました」

「それ以外に、何かきかれなかったかね」

「あそこに女が出入りしているかともきかれましたね。たまに女のひとを見掛けると話してやりましたよ」

「その他には?」

「そのぐらいでしたかねえ。そうそう、あの家に、誰と誰が住んでいるかってこともきいてました」

肥ったかみさんが言う。

「なるほど」

そこに客がやって来たので、平四郎は礼を言って引き上げた。

やはり由蔵はあの家にお京が閉じ込められていると思ったに違いない。絵師なら、お京を写生するために留めておくだろう。そう考えたのかもしれない。

由蔵はどうするか。夜になってあの家に忍び込んだのではないか。お京がいると思っていれば、必ずそうするはずだ。

お京はいたか、いなかったか。あの日、平四郎は表から国重を訪ねた。離れまで、だいぶ遠いとはいえ、もしそこにお京がいれば、何らかの気配を感じ取れたのではないか。

離れにお京はいなかったと、平四郎は思う。

すると、忍び込んだ由蔵はお京がいないことを確かめたはずだ。だとすれば、すぐに国重の家を出て、そのまま自分の家に引き上げているはずだ。

帰れない事態に陥《おちい》ったのか。

まさか、忍び込んだものの、見つかって……、と悪い想像を働かせた。

平四郎は表にまわって、国重の家の前に立った。

格子戸を開いて、奥に呼びかけた。

色白の国重が出て来た。

「おや、あなたさまは？」

国重が含み笑いを浮かべていた。

「先日は失礼した。また、ききたいことがあるのだが」

「なんでございましょうか」

「この前の夜、この家に何者かが忍び込まなかったか」

「盗人《ぬすっと》でございましょうか」

落ち着きはらった声だ。

「いや、違う。女を探している男だ」

「怪しい者が忍び込んだことはございません。なぜ、そう思われたのでございますか」

「ここは絵師の家だというので、自分が探している女が写生の相手になっていると思ったようなのでな。それで、確かめたのだ」

「さようでございますか。しかし、ここしばらく、私は女の裸体の写生はしておりませぬ。したがって、ここに若い女はおりませぬ」

最近、若い女が出入りしていないという事実は関係ない。由蔵はお京がここにいると思い込んだ可能性があるのだ。

由蔵はお京がいないことがわかって、国重に気づかれないように引き上げたのだろう。由蔵は新たな手掛かりを求めて、どこかに行ったとしか考えられない。

だが、何か目の前の男から漂って来る妖気のようなものに、平四郎は心がとらわれた。ときおり、背筋に冷たいものが走るような恐怖感を覚えるのだ。

この屋敷に何かある。平四郎はそう思った。

「国重どの。一度、離れの仕事場を見せてもらえまいか。絵師の仕事の様子を見てみたいのだが」

平四郎は頼んだ。

「よろしゅうございますよ。どうぞ、お上がりください」

平四郎は国重のあとについて薄暗い廊下を奥へと向かい、渡り廊下でつながってい
る離れ座敷に入った。

平四郎はあっと目を見張った。部屋を取り散らかして、裸の女の絵がたくさんあっ
たのだ。

無造作に足元の絵を一枚拾い、国重は平四郎に見せた。

「こういったものを描いています」

平四郎が受け取った一枚は、淫《みだ》らな姿の女の秘所が露になった絵だ。

「これは実際に女を見ながら描くのか」

「そうです」

国重はにやにや笑って言う。

平四郎は他の絵に目をやった。皆、裸の女であり、中には裸の女と男の絡み合う絵
もあった。

「これは、実際にやらせたのか」

「さあ、どうでしょうか」

意味ありげに、国重は笑った。

平四郎は圧倒された。ふと、障子の隙間から射し込む明かりが照らした絵が目に入った。平四郎は他の絵を踏まないように気をつけて足を踏み出し、その絵を手にした。

覚えず、顔をしかめた。

裸の女が匕首で裸の男の胸を突き刺している絵だ。全身を不快感が走り抜けた。なぜ、こんな絵を。

平四郎が振り向いたとき、すぐ背後に国重が立っていた。その瞬間、平四郎は身が竦《すく》んだ。いつ背後に立ったのか、まったく気づかなかった。

国重は口許に冷笑を浮かべていた。そのとき、平四郎はかまいたちと対峙したときの記憶が蘇《よみがえ》った。

もし、国重がその気なら、今平四郎は心の臓を匕首で一突きにされていたはずだ。

冷や汗をかきながら、平四郎は国重を睨み付けていた。

「邪魔をした」

平四郎は国重の家を辞去した。

第二章　平四郎《へいしろう》の父

一

国重の家を出て、明るい陽射しを浴びたとき、生きていたという実感を覚えた。だが、すぐにさっきの恐怖が蘇って来た。

国重は音もなく平四郎の背後に立っていた。匕首で一突きにされるような錯覚に、平四郎は悲鳴を上げそうになった。

国重がかまいたちだ、という疑いが平四郎の内部で徐々に膨《ふく》らんでいた。だが、証拠はない。もし、間違っていたらたいへんなことになる。

そう思いながら、国重の家からだいぶ離れたとき、いきなり平四郎は声をかけられた。

「旦那。只野の旦那じゃありませんか」

まだ、国重に感じた恐怖感のようなものが纏《まと》わりついていたので、平四郎はびっくりして立ち止まった。

振り返ると、紺の股引《ももひ》きに尻端折《しりつぱしよ》りの四十歳ぐらいの男が近づいて来た。岡っ引きの浅吉《あさきち》だ。

「浅吉親分から、旦那と呼ばれるのはこそばゆい」

今は、岡っ引きの伝六と同じく、植村京之進から手札をもらっているが、その前は平四郎の父平蔵の下で働いていた。平四郎も昔からよく知っている男だった。

「なあに、もう立派な旦那ですぜ」

「浅吉親分は、国重を張っていたのか」

「へえ。植村の旦那から頼まれましてね」

「いつから張っている？」

平四郎はやっと平静を取り戻した。

「へえ。四日前からです」

「四日前か」

もう一日早かったら、由蔵のことが何かわかったかも知れないと思ったが、それはもう過ぎたことだ。

「で、どうなんだ。国重は？」

「いえ、特に怪しい動きはありません」

「夜はだいたい何時頃《いつ》まで見張っているんだ？」

「へい。五つ（八時）前には切り上げます」

「そうか、五つか」

三日前の十月三日の夜、御小人組の富沢滝次郎がかまいたちに殺された。もし、国重がかまいたちだとしたら、五つをまわってから家を出たのだろう。

「あまり外出はしていないのか」

「きのう出かけました。尾行に用心しているようには思えなかったのですが、本所南割下水で見失いました」

「南割下水だと」

そこに村木新五郎という御家人の屋敷があるのだ。やはり、村木新五郎が訪ねたのは国重の家だ。

「旦那は、どうしてあの家を？」

「俺の知り合いがあの辺りで姿を消しているんだ。どうも、あの家に入ったように思えてならないので、訪ねてみたってわけだ。もちろん、尻尾《しっぽ》を出さないが」

「そうですかえ」

「で、国重のどんなことを調べているのだ？」

「『大森屋』の弱みを握って強請《ゆす》っているかも知れねえってことです。その種になるようなものを探しているところです」

「で、何かあったか」

「へえ。ちょっと気になることがあります。国重は器量のよい娘を浮世絵の写生に使っているのですが、その娘を商家の旦那方に斡旋《あっせん》しているという噂《うわさ》がありやす」

「なるほど」

国重は町で見かけた女に、絵に描かせてくれと声をかけ、そして絵を描き終わったあとに、女を商家の旦那に世話をする。そういうことをやっていた可能性があると、浅吉が言う。

そうだとすると、大森屋も国重の世話で女を買った。そのことで、強請られている可能性がある。

あの国重の不気味さは、そういうことから来ているのだろうか。

いや。背筋を凍らす不気味さはひとの血を吸っているからではないのか。証拠はないが、平四郎にはそう思えてならない。

「これから夜は徹底的に見張ったほうがいい。奴はひょっとしたら、たいへんな野郎かもしれない」

「えっ、どういうことですね」

「おまえも知っていようが、例のかまいたちと出くわしたのは私だ。証拠はないが、国重があのときのかまいたちのように思えてならないのだ」

「旦那。ほんとうですかえ」

「いや、私の勘違いかもしれぬ。なんとも言えぬが、そんな感じもするのだ。だから、念のためにその用心をしておいて欲しい」

「わかりやした。そうなら、見張りの数も増やしましょう」

浅吉は力強く言った。


その夜、平四郎は青柳剣一郎の屋敷を訪れた。

出て来た妻女の多恵に、日頃世話になっている礼を言っていると、

「珍しいな。平四郎。さあ、上がれ」

と、わざわざ剣一郎が出て来て、平四郎を迎えた。

「きょうは非番のはずだが」

客間で向かい合ってから、剣一郎がきいた。

「はい。お話ししておいたほうがよろしかろうと思うことがありまして」

「そうか」

　剣一郎は頷いた。

　剣一郎は優しい目をしているが、頬の青痣が精悍《せいかん》な雰囲気を醸《かも》し出している。とうに与力の花形である吟味方与力になってもおかしくないと噂されながら、いまだに風烈廻りとして町を見廻ったりしている。

　お奉行が吟味方に昇格させないのは、剣一郎を自由に動き回れる立場に置いておき、難事件が起きたときには特命で、その事件に立ち向かわせようという腹積もりがあるからだという噂がある。その噂どおり、難事件が起こるたびに、剣一郎は定町廻り同心の手助けをしてきた。

　このたびも、かまいたちの事件に剣一郎は関わりを持ったようなのである。

「じつは、例の絵師の国重なのですが」

　平四郎は由蔵のことからお京のこと、そして国重の家を訪れた理由などを順を追って説明した。

「これは、私の勘でしかありませんが、国重こそ、私が対峙したかまいたちのような気がしてなりませぬ」

「待て」

剣一郎は厳しい顔で平四郎の言葉を制し、手を大きくぽんぽんと二つ叩いた。

「お呼びでございますか」

多恵が現れた。

「誰かに植村京之進を呼びにやってくれ」

「かしこまりました」

多恵が去ると、私が行ってきますという剣之助の声がした。

剣之助は父剣一郎に似て、正義感の強い青年だ。見習い与力として出仕しているが、なかなかよくやっている。なんだか、青痣与力以上の大物になるような予感がしないでもない。

同じ見習いの坂本時次郎《さかもとときじろう》と語らい、ときたま夜遊びをしているらしい。それも、若さかもしれなかった。

「平四郎。その由蔵の行方も不思議だな」

京之進が来るまでの間、剣一郎は由蔵のことに話を向けた。

「はい。もしかしたら、国重に殺された可能性も……」

恐れていたことを、平四郎は口にした。

もし、国重の家に忍び込んだとしたら、国重に見つかった可能性は高いのだ。殺されたとしたら、由蔵の死体があの家のどこかに隠されているはずだ。だが、由蔵が殺されたことを前提にものを考えたくはなかった。

京之進がやって来た。わざわざ青痣与力が京之進を呼んだ。やはり、事件の探索は定町廻りの役目なのだ。そのことを、改めて思い知らされた。

「春平も来ていたのか」

京之進が平四郎にも声をかけた。京之進は父平蔵にたいそう世話になったらしい。そのせいか平四郎を弟のように可愛がってくれる。

「京之進。平四郎が重要な話を持って来た」

剣一郎の言葉に、京之進の顔にさっと緊張の色が走った。

「平四郎。もう一度、話せ」

「はっ」

平四郎は京之進のためにもう一度これまでの経緯《いきさつ》を話した。

だんだん京之進が興奮していくのがわかった。そして、最後まで話をし終えると、京之進は険しい顔で、

「大森屋と国重とはつながりがあります。大森屋が国重を使って高崎屋を殺したので

はないでしょうか」

　京之進は膝を進め、

「国重を取り押さえますか。あとは拷問で、自白を」

　と、気負って言う。

「いや。証拠がない」

　剣一郎は、顔をしかめ、

「今の段階で、国重を捕まえるのは無理だ。もう少し、確証が欲しい」

　これが火付盗賊改めであれば、疑いを持った段階で捕まえて拷問で白状させるところだが、町奉行所はそういう手荒な真似《まね》は出来ないのだ。

「京之進。国重は、本所南割下水の御家人村木新五郎とつながりがあるという。私はどうも国重は昔武士だったような気がしてならないのだ」

「はい」

「そこでだ、村木新五郎の周辺で、武士を辞めた者がいなかったどうか、調べてみてはどうか」

「わかりました。やってみましょう」

「それと、国重の監視だ。奴が、また殺しをするときに捕まえるのだ」

「はい。春平、いや平四郎のおかげで敵が絞れて来ました。春平、でかしたぞ」

京之進は意気込んで言った。かまいたちを捕まえる意欲を見せた京之進は、たくましく、そしてさっそうとしていた。

「平四郎。おぬし、お手柄だ」

剣一郎に褒《ほ》められ、平四郎は照れた。だが、かまいたちを捕まえてこその手柄だ。きっと、ほんとうの手柄を立ててやると、平四郎は思った。

二

風烈廻り同心として、町を見廻っていても、平四郎の頭の中は由蔵のこと、そして絵師国重のことで占められていた。

したがって、塀の横に燃えやすい荷物を積んでいる商家を見ても、目に入らない。

礒島源太郎が、その店の番頭に注意をしたのを、平四郎は茫然《ぼうぜん》と見ていた。

「おい、春平。どうした？」

礒島源太郎に注意され、はっと我に返った。

「すみません」

「さあ、行くぞ」

礒島源太郎は先に歩き出した。

平四郎はいつか父と同じように定廻りになりたいと思っている。正直、毎日、付け火の用心のために見廻っているより、犯罪を追いかけているほうがどんなに緊張感があってやりがいがあるか。

今、そのことを身をもって味わっているのだ。これが定町廻りだったら、こんな風烈廻りの見廻りに出ずとも、ずっと今の探索を続けられるのだ。

「平四郎」

礒島源太郎が呼びかけた。

「はい?」

「おぬし、最近、見廻りに身が入っておらぬように思えるが」

「いえ、そんなことはありませぬ」

内心では、こんなことやっていられないと思いながら、口ではそう答えた。

「それならよいが」

確かに、付け火も多い。それを未然に防ぐために警戒することは必要だろう。だが、それは自分がしなければならない仕事かと考えたとき、違うと叫びたくなる。

今回のことで、ほんとうの手柄を立て、定町廻りへの道を作ってやる。平四郎の野心が激しく燃えた。

翌日。長い一日が終わり、奉行所から屋敷に戻ると、平四郎はすぐに出かけた。

平四郎は久松町に向かった。夜になって、風が一段と冷たくなったような気がする。

由蔵は、国重の家の庭に埋められているのではないか。そんな不安がある。国重が出かけるのを待って忍び込みたい気もするが、そこまでは出来ない。

国重は殺し屋だ。ただ、やたらひとを殺すのが好きな殺人鬼とは違うような気がする。だとすれば、国重が由蔵を殺すことはないかもしれない。

そこに一縷《いちる》の望みを託したとしても、由蔵が行方不明になっている理由がわからない。

やはり、あのあと村木新五郎のあとをつけたとしか思えない。そのとき、平四郎ははっとした。

村木新五郎が国重の家に入ったかどうかより、問題はその後だ。新五郎が国重の家を出たのなら、引き続きその後をつけたにちがいない。

いずれにしろ、由蔵は国重の家にはいない、村木新五郎の屋敷だ。そう思いなおして、平四郎は足を両国橋に向けた。

お京は村木新五郎の屋敷からいなくなっているのだ。

両国橋を渡り、御竹蔵の東にまっすぐ横川まで繋《つな》がっている南割下水沿いを歩いた。するとと、前方からひとが歩いて来るのに気づいた。

とっさに平四郎は路地に身を隠した。遊び人ふうの男がふたりだ。ひとりは大柄で、もうひとりは中肉中背だ。路地の暗がりに身をひそめ、横切って行く横顔を眺《なが》めた。そして、覚えず声を上げそうになった。

（由蔵）

由蔵が遊び人の格好になって、やくざふうの男といっしょにいる。どういうことなのだと、平四郎は不可解だった。由蔵が無事だったことでほっとしたものの、新たに不安が生じた。

また、ひとがやって来た。浅吉の手下だ。由蔵たちをつけているらしい。

どうやら、由蔵は村木新五郎の屋敷から出てきたようだ。そうか。今夜は賭場が開かれていたのだ。

由蔵は博打を打ちに行っているわけではあるまい。お京を探す目的で、村木新五郎の屋敷に入りこもうとしているのだろう。

平四郎は浅吉の手下のあとをつけた。

浅吉の手下は用心深く、由蔵たちのあとをつけている。御竹蔵に突き当たり、左に折れた。

そのまま、まっすぐ進み、亀沢町《かめざわ》をぬけて、竪川に向かった。先を行く由蔵の姿が見え隠れする。さらに、二之橋《にのはし》を渡った。

弥勒寺《みろく》の前を通り、やがて小名木川にやって来た。高橋《たかばし》を渡ってすぐに左に折れ、小名木川沿いを行く。

銀座《ぎんざ》御用屋敷の手前の路地を右に折れた。突き当たりは立花出雲守《たちばないずものかみ》の屋敷で、そこを左に曲がった。霊巌寺《れいがんじ》の裏手で、小さな寺がいくつかある。そのとき、前方から悲鳴が聞こえた。平四郎は鯉口を切って駆けつけた。

浅吉の手下が匕首を持ったふたりの男に襲われた。

「待て」

平四郎は抜刀して中に分け入った。

「旦那」

浅吉の手下が救いを求めるような声を出した。

「おまえらは何者だ」

平四郎は刀を突き出した。

すでに、由蔵の姿はなかった。

「この先は、関係のない者が立ち入っちゃならねえんだ」

そう言い、髭面《ひげづら》の男が匕首をかざして襲い掛かった。平四郎は体を左に開いて躱《かわ》し、すぐさま峰打ちで相手の手首を打った。

骨が砕けたような鈍い音がして、男は匕首を落とし、手首を押さえて転げ回った。

「この野郎」

もうひとりが匕首を振り回してきた。平四郎は軽く身を躱し、男の手首を摑んでひねった。男は背中から地べたに落ちた。

平四郎は呻《うめ》いているふたりに迫った。

「おい、おまえはどこの者だ？」

だが、男は唇を嚙《か》んで喋《しゃべ》ろうとしない。

「旦那。こいつらはお不動《ふどう》の六蔵《ろくぞう》の手下だと思いますぜ」

「お不動の六蔵？」

「へい。この界隈《かいわい》の盛り場を牛耳《ぎゅうじ》っている奴です」

「おい、そうなのか」

男は呻きながら頷いた。もうひとりもそうだと言った。

「最初のふたりも同じ仲間か」

「そうだ」

「中肉中背のほうもか」

「新入りだ」

「そうか。この奥に小さな寺がいくつかあるが、その中の一つの寺で何かをしているのか。賭場が開かれているのか」

男は口を噤《つぐ》んだ。

「言え」

平四郎は襟首《えりくび》を摑む手に力を込めた。

「そうだ。それに女もいる」

「売春宿か。しかし、単なる賭場と売春宿にしては、ずいぶん見張りが厳重ではないか」

「今夜は特別だ」

「なぜだ？」

「知らねえ。俺たちはただ妙な奴を立ち入らせないように見張っているだけだ」

どうやら、この者たちは怪しい者を近づかせない見張り役のようだ。

「いつもは、こんな厳重ではないんだな」

「そうだ」

嘘はないようだった。

「よし、行っていいぜ」

男は不思議そうな顔をした。

「いいのか」

「行け。ただし、俺たちのことは仲間に言わないほうがいいぞ。言えば、おまえたちは仕置きされるかもしれないぞ」

威《おど》してからふたりを放した。

ふたりは急いで路地の奥のくらがりに消えて行った。

細い路地の先に深い闇が広がっている。そこに踏み込むことは危険だと本能的に察した。さらに腕の立つ者が控えている。そんな感じがしたのだ。

「旦那、いいんですかえ」

「いや。あの男たちは何も知らないようだ」

由蔵が侵入していることで、これ以上の深入りを諦《あきら》めたのだ。へたに動いて、由蔵の正体がばれたら事だ。

小名木川沿いを戻りながら、改めて平四郎は浅吉の手下にきいた。

「あの先は寺が幾《いく》つかある。その寺の中で、賭博が行われているようだな」

「へえ。それにしても厳しい警戒ですね」

「おそらく、身分の高い者も客に来ているのかもしれないな。賭場だけでなく、そういう連中を相手にする売春宿もあるようだ」

寺の本堂で賭場を開き、庫裏で売春させているのかもしれない。

だが、由蔵がうまくあの仲間に入り込めたのはどうしてなのか。そのこともさっぱりわからない。

「さっきつけていた男は村木新五郎の屋敷から出て来たのだな」

「そうです。あの屋敷に出入りしている者を調べるように言いつかっていますので」

「あのふたりは、なにしに村木新五郎の屋敷に行ったのだろうな。ただ、村木新五郎とお不動の六蔵が繋がっていることはわかったが……」

高橋までやって来たとき、橋の向こうに浅吉の姿が見えた。浅吉の手下が急に大声を出した。

「親分。親分じゃねえですか」

「おめえどうしてここに？　あっ、只野の旦那まで」

「浅吉親分こそ、どうしてここに？」

「国重をつけて来たんだ」

「なに、国重を？」

「ええ。ここまでやって来て、見失ってしまった」

「六蔵の賭場だ」

国重は六蔵の所に行ったに違いないと思った。

そのとき、国重と由蔵との関係を考えた。由蔵は国重の家に忍び込んだ可能性が強い。その後、由蔵が六蔵の手下になっている。

由蔵が六蔵の手下になったのは、国重の口利きがあったからではないのか。事情はわからないが、そんな気がしてならない。

それにしても、国重は六蔵の所に何しに行ったのか。国重はかまいたちなのだ。

「ひょっとして……」

平四郎はこめかみに手を当てた。

「殺しの依頼かも知れぬ」

「なんですって」

「親分。国重を見失った場所は？」

「海辺橋を渡ったあとで」

「国重は六蔵の所で、殺しの依頼主と会うことになっているのかもしれぬ。その依頼主はひと目を憚《はばか》るような身分のある者、おそらく武士であろう。だから、あのような厳重な見張りをしているのだ」

平四郎はそうに違いないと思った。

「俺は海辺橋で国重を待ち伏せる。おまえたちは、この界隈を見張り、身分のありそうな武士が出て来たら、あとをつけるのだ」

「へい」

それぞれの持ち場に向かって、三人は散った。


じっとしていると、冷気が足元から全身に伝わって来る。

国重が来た道を辿って帰るかどうかわからないが、平四郎は仙台堀にかかる海辺橋の袂《たもと》で待ち伏せた。

八幡鐘が五つ（八時）を告げてからだいぶ経った。だが、もっと待たされるだろうと覚悟したわりには早く、提灯も持たず国重が歩いて来た。

平四郎はゆっくり前に出た。

国重が足を止めた。暗がりの中の人間を確かめようとするように、じっと見つめている。やがて、国重が含み笑いをした。

「これは只野平四郎さまではございませぬか。妙なところで」

「国重。どこの帰りかな」

「知り合いがございまして。まさか、その知り合いが誰かなどと野暮なことはきかないでしょうな」

「きいても答えんだろう」

「さあ」

「私が探していた、由蔵という男に会った」

「ほう」

「お不動の六蔵の手下にもぐり込んでいた」

「どうして、そんな話を私に？」

「おぬしが世話をしたのではないかと思ってな」

平四郎は鎌をかけたのだ。

「私が？」

国重は冷笑を浮かべた。

「どうして、私がよけいな真似をするのでございましょうか」

「お京がそこにいると教えたのではないか」

「お京とは？」

「由蔵の元の妻女だ。艶《あで》やかな美しい女子らしい。そなた、そのお京なる者を絵に描こうとしたのではないか。正直に話して欲しい」

「存じませんな」

「あの日、私がはじめて訪れた日だ。あの離れに御家人の村木新五郎という者が訪れていたのではなかったか」

「いいえ、その御方は存じません」

国重は平然と否定する。

「まあいい。由蔵にきけばわかることだ」

「お話がないようでしたら、私はこれで」

国重はすました顔で、平四郎の脇をすり抜けて行った。

平四郎は浅吉たちを探した。すると、浅吉の手下が平四郎を呼びに戻って来た。手下のあとをついて行くと、浅吉が小名木川沿いを走っている姿が目に入った。

平四郎が追いついたとき、浅吉が地団駄を踏んでいた。

「どうした？」

「船ですぜ」

目を転じると、船がいましも大川に出るところだった。そこに頭巾をかぶった武士がいるのがわかった。その武士こそ、国重に会った人物に違いない。

平四郎は無念の思いで見送った。

三

剣一郎は本郷三丁目にある足袋問屋『大森屋』に乗り込んだ。

廊下は磨《みが》き込まれ、庭の造りには金がかかっているのがわかる。大きな庭石が三つ、陽光を受け黒く光っていた。

客間の掛け軸も名のある書家のものだ。

大森屋彦兵衛は扁平な顔をしている。細い目の奥から不気味な光がときおり放たれるようだ。

「青柳さま。きょうはどのようなことで？」

「絵師の国重のことだ」

微かに、大森屋は眉を寄せた。

「また、あの者のことですか。あのようないかがわしい絵師と私どもは関わりありませんが」

「じつは、あの男に今、ある疑惑が降りかかっておる」

「疑惑と申されますと、どのような」

「うむ。ところで、深川霊巌寺裏手で賭場が開かれているようだが、そなたは行ったことはないか」

「私は博打はやりません」

「いや、他に売春宿もあるのかもしれない。粒選《よ》りの女を揃《そろ》えてな。客もそれなりの者が来るのだろう」

「私はちゃんとしたところで遊びます」

「まともなところの遊びに飽きると、そのような場所も一興なのではないか」

「さあ、ひとにもよりましょう」

大森屋は他人事《ひとごと》のように言う。

今朝、只野平四郎がゆうべのことを知らせてくれた。平四郎の睨んだとおり、あそこで、国重が依頼主と会っていた可能性があるのだ。

だとすれば、大森屋彦兵衛もそこで国重と会ったと考えられる。

「二ヶ月ほど前、足袋屋の高崎屋が殺されたのを知っておろう」

「はい。たいへん驚きました」

大森屋は顔色一つ変えずに言う。

「『高崎屋』の主人の孝之助は、以前は『大森屋』の手代だったそうだな」

「はい。店の金を使い込んだので辞めさせた男でございます。店から持ち出した金を元手に、足袋屋を開きましてね。優秀な足袋職人を高い手間賃でうちやよその店から引き抜いたり、得意先にも手を伸ばし、金を包んで歓心を買い、自分の客にしてしまう。そういうやり方で、伸《の》してきた店です。ですから、高崎屋を恨んでいる人間は多かったでしょう」

「大森屋、そなたもそのうちのひとりだな」

「私は、あまり相手にしておりませんでしたが」

「さきほど、国重にある疑惑がかかっていると申したが、まさにその高崎屋殺しだ」

「えっ、あの者が……。まさか。証拠でもあるのでございますか」

はじめて、大森屋に動揺が見られた。

「証拠はぼちぼち集まって来た。国重を捕まえ、口を割らせれば、誰が高崎屋殺しを依頼したかわかる」

大森屋の細い目が鈍く光った。

「邪魔した」

剣一郎は差料を持って立ち上がった。

これで大森屋が動く。国重に逃げるように訴えるはずだ。

『大森屋』を出た。向かいの路地や反対側の小間物屋の角に町方の者の姿が見える。大森屋が動き出すのを見張っているのだ。

奉行所に戻った剣一郎は御仕置裁許《おしおきさいきょ》帳を調べ出した。

殺し屋は元武士の可能性がある。不良御家人が起こした事件、そして、それによって逐電した御家人はいなかったか。

いた、と覚えず剣一郎は叫んだ。

御仕置裁許帳を持ち直し、最初から目を通した。

七年前のことだ。小普請組《こぶしんぐみ》の新見紋三郎《にいみもんざぶろう》というものが商家の内儀《おかみ》と懇《ねんご》ろになり、金を出させ、やがて亭主に見つかると内儀と亭主を殺して逐電したのだ。

「新見紋三郎か」

剣一郎は年番方の宇野清左衛門に、小普請組組頭に会えるように取り計らってもらおうとふと思ったが、この事件を取り扱ったのが、只野平四郎の父親平蔵だとわかった。

剣一郎はすぐに平四郎を呼んだ。

「平四郎。かまいたちの正体が元御家人で何らかの事件を起こして逐電した武士とみて調べたところ、それらしき事件が見つかった」

「それはどのような」

平四郎は身を乗り出した。

「小普請組の新見紋三郎が起こした事件だ。ところが、この事件を取り扱ったのが、そちのお父上だ」

「真《まこと》でございますか」

平四郎は飛び上がりそうになった。

「そこで、お父上に当時の話を聞いてみたい。ご都合をきいてもらえまいか」

「都合もなにもありませぬ。今すぐにでも」

「いや。奉行所をおやめになって隠居されたお方だ。いちおう、許可を得てからにしたい。もし、差し障りがなければ、今夜お伺いしたいと」

「わかりました」

剣一郎はそれから植村京之進が帰って来るのを待って、同心詰所に行った。

「七年前に、気になる事件があった。小普請組の新見紋三郎という男が起こした事件だ」

戻った京之進に剣一郎は概略を説明し、

「この新見紋三郎は逐電したまま、未《いま》だに行方が知れない。この紋三郎について調べてもらいたい」

「わかりました」


その夜、屋敷で平四郎からの返事を待っていると、多恵が平四郎と平蔵がやって来たことを告げた。

「これは只野どの。わざわざお出でいただきまして」

剣一郎は恐縮して言う。

「とんでもございませぬ。御用があれば、いつでもお呼び立てくだされ。平四郎をさっき叱《しか》ったところです。青柳さまの御用命とあらば、何をさておきかけつけるのが務めであると。どうぞ、未熟者の倅《せがれ》をお許しくだされ」

「いや。私のほうこそお訪ねしなければならないのです。さあ、どうぞ。お上がりください」

「失礼いたします」

客間に向かい合ってから、

「いつも倅がお世話になっております」

と、改めて父親らしく挨拶《あいさつ》した。

「いや。こちらこそ、助かっております」

「で、さっそくですが、新見紋三郎のこととは？」

平蔵は切り出した。

「まず、新見紋三郎という男について教えていただきたい」

「はっ」

平蔵は記憶を確かめるように視線を左右上下に動かしていたが、ぴたっと剣一郎の正面に向けた。

「新見紋三郎は身の丈五尺八寸、丸顔の大柄な体格をしておりました」

国重の特徴とは違う。身の丈は合っているが、国重は痩身だ。だが、あれから七年、変わっていても不思議ではない。

「色白で、女子のように赤い唇をしておりました。女には好かれたようで、ほうぼうの女に手をつけていたようです」

それから、商家の内儀と懇《ねんご》ろになり、金を出させた上に内儀とその亭主を殺した。小普請組の組頭を通して、奉行所に引き渡される寸前になって、新見紋三郎は逐電したという。

「それきり、音沙汰《おとさた》はありませんでした。ただ、お役目で京に上った朋輩《ほうばい》が、京で紋三郎らしき男を見かけたと話しておりましたが、結局、そのままになってしまいました」

「当時、新見紋三郎と仲のよかった者、あるいはつるんで悪さをしていた者に心当たりはないか」

「それは御徒組にいた村木新五郎という御家人でございます」

「なに、村木新五郎？　村木新五郎と新見紋三郎は仲がよかったのか」

「はい。ふたりで悪さをしておりました。新見紋三郎が逐電したあと、村木新五郎は無役の小普請組入りをしたのです」

「そうであったか」

「青柳さま。新見紋三郎がまさか江戸に舞い戻っていると？」

「恐ろしい腕の殺し屋が出没しておる。その正体が、この平四郎の手柄によって絵師の国重である可能性が出てきたのだ。その国重こそ、新見紋三郎ではないかと思われる」

「なんと」

平蔵は拳を握りしめた。

「逐電を許し、悔《くや》しい思いをして参りました。未だに、新見紋三郎の顔を思い出すともございます。その紋三郎が江戸に舞い戻っておるのでございますか」

「いや。しかと証拠のある話ではないのだ。あくまでも、こちらの推測に過ぎない。だから、まず、それが新見紋三郎であるかどうかを確かめたいのだ。あれから七年。奴もだいぶ変わっていよう。だが、それとわかる特徴はないか」

「特徴はあります」

「あるのか」

「はい。左二の腕に、女の生首の彫物」

「女の生首の彫物」

平四郎が眉をひそめて呟いた。

「青柳さま。新見紋三郎を捕らえるためなら、この老体をいかにもお使いくださいませ」

「かたじけない。だが、平四郎がいるから心強い」

「父上。あとのことは私にお任せください」

「うむ、平四郎。頼んだぞ」

老いた父は息子を頼もしげに見つめた。

剣一郎は微笑《ほほえ》ましくふたりを見ながら、亡き父を思い出した。

剣一郎の父は、ほんとうは兄上に期待を寄せていたのに違いない。その兄上が急逝し、弟の自分が父の跡を継ぐことになった。

ときたま、兄が斬られたときのことが蘇ってくる。もっと早く、自分が強盗一味に斬りかかっていれば兄は斬られずに済んだのだ。自分の臆病風が兄を死に追いやった。その負い目は今も重たく背中にのしかかっている。

平四郎親子が引き上げたあと、剣一郎はひとり客間に座って兄のことを思い出していた。この頬の青痣も、その負い目から逃れるように、たったひとりで強盗の中に踏み込んで行って受けた傷が残ったのだ。

それによって青痣与力と呼ばれるようになったが、この類の痣こそ、兄そのものと思うようなことがある。兄が、この痣となって自分を見守ってくれている。そんな気がするのだ。

四

その後、何の進展もないまま五日が経ち、十月も末になった。

平四郎は相変わらず町廻りをしている。国重に会いに行き、二の腕の彫物を確かめたいという衝動に何度もかられながら自制した。仮に、それが確かめられたとしても、即殺し屋だという証拠にはならない。新見紋三郎を七年前の事件の容疑で捕まえてもだめなのだ。殺し屋として捕まえ、依頼主を白状させなければならないのだ。

青柳剣一郎は大森屋に揺さぶりをかけたが、まだ大森屋は動かない。国重に用心をするように伝える使者を送り出すかと期待したが、大森屋は罠だと気づいて動かないのかもしれない。

それより、肝心の国重に動きはない。用心をしているのかもしれない。

霊巌寺の裏手の寺にはへたに踏み込めなかった。見張りが厳重で、とうてい町方が踏み込めるようなものではなかった。もし、踏み込むなら、奉行所を挙げて取り組む必要があったのだ。

その夜遅くなって、奉行所から屋敷に帰ると、平蔵が縁側にしゃがんで庭を見ていた。暗がりの中に、白い寒菊の花がほのかに浮かび上がっている。

平四郎は父の傍に腰を下ろした。

「父上。お寒くありませんか」

「おう、帰ったか。この冷たさが心地よい。どうだ、向こうから知らせはあるか」

「はい。順調だそうでございます」

妻の実家から、そう知らせて来た。再来月は産み月である。

「家族が増えるのはうれしいことだ」

「はい。私も親になるのかと思うと、なんだか頑張らねばという気持ちがわき上がって参ります」

「男の子でも、女の子でも、どちらでもよい。健康であれば」

平蔵は目を細めた。

「父上。お酒でも持って参りましょうか」

「いや。無事に生まれるまで待とう。願掛けというわけではないが、それまで酒を断つことにしたのだ」

「えっ」

酒好きの父が孫の無事の誕生を祈って酒断ちをするというのだ。

「でも、あとふた月近くかかりましょう」

「構わん」

孫の誕生を楽しみにしているかのように、平蔵は目を細めた。

風がさらに冷たくなったような気がする。

「そろそろお部屋に戻られたほうが。お体に触ります」

「うむ。そうするか」

腰を浮かせかけて、

「そうだ。由蔵のほうはどうだ？」

と、きいた。

「由蔵は、お不動の六蔵の一味に入っております。おそらく、お京を探し出すためだと思います」

「そこまでして、お京を探そうとしているのか。哀れな奴だ」

自分を裏切った女を助け出そうと命懸けになっている由蔵を慈《いつく》しむような言い方だ

った。

「へたに騒いで、由蔵の正体がばれたら危険なので、そのままにしてあります。何かあれば、何らかの形でどこかへ連絡するのではないかと思うのですが」

「そうだな」

平蔵も暗い顔をし、

「由蔵は、愚直な男だ。それだけに心配だ」

「必ずや、由蔵は無事でおりましょう」

平四郎は覚えず力を込めて言った。

「さあ、お部屋に戻りましょう」

「その後、新見紋三郎のほうはどうだ？」

「なりをひそめております。警戒しているものと思われます」

「殺しの依頼がないのかもしれぬな」

平蔵が恐ろしい顔で、

「よいか。新見紋三郎はきっとそなたの手で捕まえて欲しい。あの者はわしが取り逃がした男だ。わしは、あの男に殺された内儀と亭主の墓前に仇《かたき》を討つと誓ったまま、果たせずにいる。わしの無念をそなたに晴らしてもらいたい」

「父上。お任せください」

定町廻りではない自分に犯人を捕縛する機会はない。だが、捕まえて手柄は立てたいと思っている。

「さあ、お部屋へ」

すっかり冷たくなった平蔵の体を抱くようにして、寝間に連れて行った。


翌日は非番だった。

平四郎は着流しで出かけた。

樹の葉もすっかり落ち、冬が深くなったことを思わせる。河岸の川面は冷たそうに陽光を反射し、周囲の風景も寒々としていた。

平四郎は国重の家を訪ねた。

国重への取り次ぎを頼むと、老婆は国重は外出していると言った。

平四郎が外に出ると、見張っているはずの岡っ引きもいないことに気づいた。国重をつけて行っているのかもしれない。

平四郎は久松町から永代橋を渡って、深川今川町に向かった。

『佐久屋』は閉まっていた。戸を開けて、呼びかけると、お京の父親の藤助がよろけるように出て来た。

「店は休みか」

「はい。私どもだけでは商売になりませんので」

「由蔵から何か言ってこないか」

「いえ。なにも」

藤助は泣きそうな声で、

「もう、お京は生きていないように思います」

「そんなことはない」

「いえ。あの与之助さえ行方を知らないのですから、もうどこかで死んでいるのでしょう」

向こうで、お京の母親が涙ぐんだ。

「由蔵には申し訳ないことをしました」

「由蔵はなぜ、あんなに懸命になって、お京さんを探しているのだ」

「私たちがいけなかったのです。私たちが、お京と暮らしたいことを察して、私たちのために」

藤助は目元を拭《ぬぐ》い、

「由蔵のような男が婿になってくれれば、お京の素行も収まると思ったのですが、あの娘はだめでした」

由蔵が婿に入って一年目に、お京は家を出て、与之助と暮らしはじめたくせに、食いっぱぐれると、お京は『佐久屋』に転がり込んで来たのだ。与之助はさすがに近くの長屋に寝泊まりをしたものの、昼間は亭主気取りで、由蔵をこきつかった。

由蔵が『佐久屋』を飛び出すのは当然だ。それでも、この老いた二親の面倒を見てきたのだ。

（由蔵は愚直な男だ）

父の声を思い出した。

虚仮《こけ》にされても、由蔵は愚直にお京に尽くしている。そんな感じがした。

お京を探し出す。それは、由蔵の使命のようになっているのかもしれない。ただ、いまだに由蔵が戻って来ないのはお京が見つからないからだ。

お京はいったいどこに行ったのか。

「ふたりは必ず帰って来る。そのときのために、お店を守っていくことだ。いいな」

平四郎はふたりを元気づけ、外に出た。

冬の一日はあっという間に夕暮れに向かっていた。

八丁堀の組屋敷に帰ると、平蔵がいなかった。

若党に訊ねると、夕方に外出したという。珍しいことだと、平四郎は気になった。

平蔵が帰って来たのは五つ（八時）近かった。

「父上、こんな時間までどこへ行っておられたのですか」

つい、言葉がきつくなった。

「すまん」

「お食事は？」

「馳走になった」

父の部屋まで、平四郎はついて来た。

そのとき、玄関にひとの声が聞こえた。やがて、若党がやって来た。

「岡っ引きの浅吉の使いだそうです」

「浅吉親分の……」

平四郎は父に会釈をし、玄関に出て行った。

浅吉の手下が待っていた。

「何かあったのか」

「国重が動きました」

「で、国重は？」

「池之端《いけのはた》で見失ってしまいました。ただ、念のために、国重の帰りを見張っているところです」

「尾行を撒いたところをみると、今夜、仕事をするかもしれぬ。よし、私は国重の家に向かう。浅吉親分にそう告げてくれ」

「へえ、畏まりやした」

手下が去ったあと、背後に平蔵が立っているのに気づいた。

「父上、出かけて来ます。父上は、どうぞ先にお休みください」

平蔵は厳しい顔で頷いた。


犬の遠吠えと按摩《あんま》の吹く笛の音が甲高く響く。

四つ（十時）の鐘が鳴りはじめた。もう、町木戸も閉まる時刻だ。路地から静かに黒い影が現れた。

国重だった。

「国重。出かけていたのか」

「おや。只野平四郎さまではございませんか。このような時間にいかがなさいましたか」

「じつは、そなたに確かめたいことがあってやって来たのだ」

「さようでございますか」

「このような遅い時間までどこへ行っていたのだ？」

「私の絵を贔屓《ひいき》にしてくださる御方に招かれましてね。遅い時間ですが、お入りになりますか」

「いや。ここでいい。じつは由蔵のことだ。正直に教えて欲しい。あの夜、由蔵はそなたの家に忍び込んだのではないか」

「この前もお訊ねでしたが、違います」

「お不動の六蔵の身内に入り込むことが出来たのは、そなたの口添えがあったからではないのか」

「わざわざ、そのことのために私に？　それはご苦労なことでございました」

国重は冷笑を浮かべた。

平四郎は、国重の化けの皮を剝《は》がしてやりたいという衝動を必死に抑えている。

暗がりに立つ影が、かまいたちと重なった。間違いない。国重こそ、かまいたちだ。

「血の匂いがする」

「はて。奇妙な」

国重が含み笑いをした。

「私にはいっこうに匂いませぬが」

国重は落ち着いている。

「その袖に血らしきものがついておる」

平四郎は近づき、腕を摑もうとした。

「何をなさいますか」

国重は逃れた。

「家を出たときから、岡っ引きにあとをつけられました。いったい、私に何の用なのでしょうか」

「正体をみたいのだ」

平四郎は鯉口を切った。

「国重。正体を見せろ」

平四郎は抜刀した。

「只野さま。何もしていない人間に刀を抜くなどとは正気の沙汰《さた》ではございませんな」

「おぬしの化けの皮を剝ぐのだ」

「無茶な御方だ。私は枕絵を描く絵師です。裸婦だけではありません。男と女の絡みを描きます」

「それは仮の姿。実の名を……」

平四郎は言いよどんだが、上段から左二の腕に斬りつけた。国重はさっと身を躱《かわ》した。そのとき、袂がまくれ、左二の腕が覗《のぞ》いた。そこに、彫物があった。模様まではわからなかったが、彫物があるのは間違いなかった。

「見事だ。国重」

「ご冗談が過ぎますぞ。気でもおふれになりましたか」

国重は逃げ腰になった。

平四郎はゆっくり刀を鞘に納めた。

「只野さまのお父上もお元気でございますね。いつまで、その元気が続きますか」

すごんだ声に、平四郎は背筋に冷たいものが走った。

「国重。どういうことだ？　我が父に会ったのか」

国重が含み笑いをした。

騒ぎを聞きつけ、近所の家の戸が開いた。自身番に知らせた者があり、番人がやって来た。

と、同時に浅吉が戻って来た。

「只野さま。どうかなさいましたか」

「只野どのはお酔いになられているのです。大事ありませぬ。どうか、お連れくださ
い」

落ち着いた声で言い、国重は自分の家に向かった。

間違いない。奴がかまいたちだと、平四郎は確信した。

五

翌日、剣一郎が出仕するのを宇野清左衛門が待っていた。

「青柳どの。原田宗十郎どのから至急、お呼びだ」

「まさか」

ふと不安が過《よぎ》った。

ゆうべ、おそく平四郎がやって来た。国重は夜に外出したという。浅吉たち岡っ引きが尾行したが、途中でまかれたという。

「すまんが行って来てくれぬか」

「わかりました」

「駕籠《かご》を手配しよう」

数寄屋《すきや》橋御門から本郷まで、剣一郎は駕籠で急いだ。

至急の呼出しの用件に想像がついた。果たして、原田宗十郎の屋敷に到着し、客間で聞かされたのは、まさにそのことだった。

「ゆうべ、御徒目付の今井誠次郎が殺られた」

剣一郎は深く息を吸って吐いた。

「父親の法事があり、久しぶりに屋敷の外に出たそうだ。お屋敷に帰る途中、襲われた。やはり、心の臓を一突き」

原田宗十郎は怒りに身を震わせた。

「青柳どの。一刻も早く、殺人鬼を捕らえ、依頼主を明らかにしていただきたい」

「わかりました」

今井誠次郎はやはり病死として処理されるそうだ。

原田宗十郎は組頭として、御徒目付の今井誠次郎と御小人目付の富沢滝次郎が何を探索していたかは把握しているはずだ。もちろん、調べの途中であり、証拠を掴み切ってはいないのだ。

この探索が殺される理由になったのか。

殺しを請け負った国重の口から依頼主の名がわかれば、それをもって原田宗十郎は御徒目付組頭として行動を起こそうとするのだ。

剣一郎が奉行所に戻ると、宇野清左衛門が飛んで来た。

「どうであったか」

「御徒目付の今井誠次郎どのが殺されたそうです」

「なんてことだ」

宇野清左衛門はやりきれないように目を閉じた。

「青柳どの」

目を開け、宇野清左衛門は食いつくような顔で、

「これ以上の犠牲者を出してはならぬ。異常事態である。確固とした証拠はなくとも、捕縛すべきだ」

「わかりました。すぐに、皆を集めましょう」

夕方に、年寄同心詰所に集まるように、植村京之進ら同心に伝えた。

夕方前に、京之進が駆け込んで来た。

「何かわかったのか」

「はい。先日、殺された浪人は長屋に十両の金を持っていました」

「十両も？」

「はい。その金の出所が『大森屋』ではないかと思われます。というのも、その浪人が長屋の者に『大森屋』の仕事を請け負ったと話していたのです」

「『大森屋』の仕事とな」

剣一郎ははっと気づいた。

「そうか。あの浪人を使って国重を始末しようとしたのだろう。大森屋は、競争相手の高崎屋孝之助を国重を使って殺した。だが、秘密を国重に握られている。それで、国重を始末しようと、浪人を雇ったのではないか。だが、国重のほうが腕ははるかに上だった」

「私もそう思います。だから、国重は浪人を殺《や》ったあと、大森屋を威《おど》し、金をせしめたというわけです」

「そうだ。そこを、我らが通り掛かったというわけだ」

「よし。大森屋と同時に国重を捕縛する。今夜だ」

「はっ」

京之進がすぐにその手配をしに行こうとするのを、

「京之進。ゆうべ、御徒目付の今井誠次郎が殺された。心の臓を一突きだ。国重は外出し、尾行をまいたそうだ。やはり、その間に……」

「国重です。国重に間違いありません」

京之進は呻くように言った。

国重の左二の腕に彫物があることを、平四郎が確かめてある。大森屋が仮に口を割らずとも、七年前に商家の夫婦を殺して逐電した罪で国重を捕らえることが出来る。その上で、一連の殺しについて白状させるのだ。

夜になって、捕方は二手に分かれ、定町廻り同心川村有太郎《かわむらゆうたろう》は大森屋の捕縛に、植村京之進は国重の捕縛に、それぞれ向かった。剣一郎は国重の捕縛のほうに加わった。

夜の五つ半（九時）になった。

国重の家では隠密廻り同心も見張りについていて、国重はきょうはずっと家に閉じこもりきりで、一歩も外に出て来ないという。

すでに、国重の家の周囲を捕方が囲んだ。家は静かだった。灯りも漏れてこない。いったい、国重は家の中で何をしているのか。凍《い》てついた夜気が身をすくめさせる。

本郷から浅吉の手下が知らせに来た。

「大森屋を捕縛しました」

「よし。ごくろう」

剣一郎は答えた。

「青柳さま。踏み込んでもよろしいでしょうか」

「指図は京之進に任す」

「はっ」

と、京之進は力強く応じ、すぐに捕方に指図した。

岡っ引きの浅吉が格子戸を叩く。

「ごめんなさいよ。大森屋の使いでございます。お開けになってくださいませ」

どんどん、と浅吉はなおも激しく叩いた。

「おかしいぜ」

浅吉が首を傾げた。

「まだ、この時間だ。寝入っているわけではあるまい」

京之進が浅吉に代わって戸を叩いた。

だが、応答はない。

「妙だ。国重は一歩も外に出ていない」

職人体の格好をしている、隠密廻り同心の作田新兵衛《さくたしんべえ》が横合いから言った。

「誰も出ていないのか。たとえば、年寄り、女など」

剣一郎は傍に寄ってきいた。

「出ておりませぬ」

作田新兵衛が言う。

「よし。裏から侵入せよ」

剣一郎は命じた。

小者たちが近くの自身番から梯子《はしご》を借りて来て、裏塀にかけ、ひとりが塀を乗り越え、裏口の戸を開けた。

京之進たちがなだれ込む。

離れから母屋に移動する。京之進たちの焦《あせ》る声が聞こえた。

「探せ。どこかにいる。探すんだ」

京之進が叫んでいる。家の中は真っ暗だった。

剣一郎は庭に立った。青痣が疼く。事件の鍵に出会ったり、何かが閃《ひらめ》きそうになったりするときに、この痣が疼くのだ。

作田新兵衛が見逃すはずはない。たとえ、女、年寄りだとしても、疑ってかかるはずだ。だから、国重が女や年寄りの格好をしていても騙されるとは思えない。だとすれば、最初から国重はここにいなかったか、あるいはどこか秘密の場所に隠れているかだ。

剣一郎は離れの部屋に入った。小者が行灯を灯した。枕絵が散乱している。床の間の掛け軸の裏や戸袋の中まで見た。

「誰か天井裏を」

小者に命じた。

「いません」

天井裏から声がする。

再び、庭に下りた。京之進がやって来た。

「母屋にもおりませぬ」

剣一郎は作田新兵衛を呼んだ。

「そちはいつから見張っていたのだ」

「昨夜半からでございます。私がやって来たとき、浅吉たちが見張っておりました」

「浅吉」

京之進が浅吉を呼んだ。

母屋から浅吉が飛んで来た。

「ゆうべ、国重を最後に見たのはいつだ？」

「へえ。あっしたちは尾行をまかれてしまい、諦めてここに引き返してきたのは五つ（十時）をだいぶまわっておりました。そんとき、国重と只野さまが睨み合っておいでで」

「そのあと、国重は家に入ったのだな」

「へえ。それは間違いありません」

「そうか」

剣一郎は天を仰いだ。

「青柳さま。何か」

「国重は家に入ると、すぐに裏から逃げ出したのに違いない」

京之進らの表情に驚きの色が現れた。

「青柳さま」

いつの間にか、只野平四郎がやって来ていた。

「私が国重を逃がしてしまったのでしょうか。私がよけいな真似をしたばかりに」

「いや。そうとばかりはいえない。国重のことだ。我が身に危険が迫っていることを感じ取っていたはずなのだ」

「稼いだ金はどうしたのでしょうか」

「どこかに、隠れ家があるのだ。そこにかまいたちの使う匕首なども置いてあるに違いない」

「じゃあ、下谷《したや》周辺でしょうか。ゆうべ、浅吉たちは池之端で見失ったということです。そのあと、小石川で仕事をし、五つには戻っているのです。あの付近に、隠れ家があればそこではありませんか」

「いや、そうとも言えぬ。犠牲者が出ている場所はもっと他にもあるからだ。つまり、狙いを定めた相手の近くのどこかに匕首や黒い衣服を隠しているのではないか。たとえば、神社や寺の境内《けいだい》」

「そうか」

浅吉が悔しがった。

剣一郎たちを嘲《あざけ》るような犬の遠吠え。平四郎が青ざめた顔で立ちすくんでいる。

「平四郎。そなたのせいではない。相手が我らより一枚も二枚も上手だったのだ」

「はい」

平四郎は相当落ち込んでいるようだ。

だが、今は平四郎にかかずらってばかりいられない。京之進たちが、次の指図を待っている。

「ともかく、家の中のものを調べるのだ。国重の身元のわかるもの、あるいは、国重の依頼主などを書き記したものが残されていないとも限らない」

そうは言ったが、剣一郎は国重がそんな手抜かりをするとは思っていなかった。

御家人の村木新五郎を問い質《ただ》しても、しらを切られるのがおちだ。だが、村木新五郎しか頼みの綱は残っていなかった。

相手は御家人だが、御徒目付組頭の原田宗十郎は村木新五郎をこちらに引き渡すように取り計らってくれるはずだ。

京之進がやって来た。

「青柳さま。見事という他ありませぬ。手掛かりになるようなものは一切見つかりませんでした」

「京之進。村木新五郎がいる。村木新五郎を探るのだ」

剣一郎は闇夜に国重の姿を浮かべて呟いた。

六

国重の捕物から引き上げて来たのは、夜中の八つ（二時）近かった。

それからふとんに入ったが、平四郎は眠れぬ夜を過ごした。

国重が逃げたのは、俺の責任だと、平四郎は自分を責めた。なまじ、あのとき、左の二の腕を調べようと焦ったのがいけなかったのだ。

気がつくと、平四郎は体を起こし、ふとんの上で茫然としていた。

（あなた、しっかりして）

ふと、妻の呼ぶ声が聞こえた。

そうだ。今、小夜も子どもの出産のために頑張っているのだ。俺は父親になるのだ。こんなことに負けていられない。

ふと谷底に落ち込んで行きそうになった気の乱れを、小夜の声が救った。

それから、平四郎はまんじりともしないで夜を明かした。

気がつくと、外は明るくなっていた。雀の囀《さえず》りがする。

底冷えのする朝だった。

厠《かわや》へ行き、顔を洗って戻ると、平蔵が待っていた。

いつもと違い、硬い表情に思えた。

「平四郎。座れ」

「はい」

平四郎は緊張して腰を下ろした。

「ゆうべは失敗だったようだな」

「はい。もぬけの殻でした」

平四郎はゆうべの経緯を話した。

「私がよけいな真似をしてしまったのかもしれません」

「いや。新見紋三郎は、危機を察知するという特殊な才能があるのだ。七年前もそうであった。あと少しというところで、逐電された」

「では、今回ももう江戸を離れてしまったのでしょうか」

「いや。まだ、いる」

平蔵は悲愴《ひそう》な顔で言う。

「どうして、そう言えるのですか」

「奴は、まだ仕事を残している」

「仕事？　殺しのですか」

父がなぜ、そのようなことを知っているのか、という疑問を持ちながら、

「次の狙いはわかっているのですか」

と、平四郎は気負い込んだ。

「わしだ。奴の次の標的はわしだ」

「今、なんとおっしゃいましたか」

「新見紋三郎こと国重が次に狙うのはわしだ」

「父上」

父の目が異様な光を帯びているのを見た。

「平四郎、よく聞け。わしは、きょうからしばらく、寺島村《てらじま》の喜作《きさく》の実家の離れに厄介《やっかい》になる」

喜作は以前に屋敷に出入りをしていた八百屋であり、今は寺島村の実家で暮らしている。実家は百姓家だ。

「どういうことでございますか。なぜ、国重が父上を狙うのですか」

「今、深川一帯の盛り場を取り仕切っている、お不動の六蔵とわしは同心時代からの腐れ縁だ。六蔵の悪事を見逃す代わりに、こっちの必要なことを調べてもらっていた」

平蔵は同心時代の恥部について語り出した。

「六蔵は何度かお縄になりそうになったが、その都度、わしが助けてやった。だからといって、わしが頼めば国重のことをべらべら喋るという男ではない。だが、昔の誼《よしみ》で、わしはあることを頼んだのだ」

「まさか、父上はご自分を犠牲に……」

「そうだ。六蔵は昔のねたでわしに強請られている、邪魔だから殺して欲しいと国重に依頼したのだ」

平四郎は声を失った。

「まあ、六蔵にしたら、わしがいなくなることはかえって喜ばしいことだから、あっさり引き受けてくれた。前金の十両も、六蔵持ちでな」

「六蔵の野郎」

「ただし、このことで六蔵をしょっぴいてはならぬ。よいな。これは六蔵との約束だ。仮に、国重が捕まり、依頼主として六蔵の名が国重の口から出ても、それは六蔵の本心ではないことを、おぬしが証明するのだ。よいな」

「でも、六蔵は……」

「平四郎。定町廻り同心はあるところでは悪と手を結ばなくては満足な仕事が出来んのだ。江戸の治安を守るためには、この手を汚すことも必要なのだ。深川一帯は、六蔵がいるから平穏が保たれているようなところもある」

平四郎にはわからない。同じ悪でも、潰《つぶ》さなければならない悪と見逃してよい悪があることが納得いかない。だが、父が言うのだから、そういうものなのだろうと思うだけだ。

「わしは、国重は捕まらないと思っていた。だから、万が一にそなえて、こういう手段をとっておいたのだ。よいな。わしはきょう、寺島村に行く。そこで、国重を迎え撃つ」

「なぜ、そこまでするのです」

「あの男と決着をつけたいのだ。平四郎。このことを青柳さまにお伝えしろ」

そう言ってから、平蔵は目を閉じた。

「平四郎。なぜ、おまえが風烈廻りになったのか、わかるか」

ふと目を開けて、平蔵が言い出した。

「いえ」

「わしは、ゆくゆくはそなたにわしの後を継いで定町廻りになって欲しいのだ。だが、そなたは、少しおっとりとしているところがある。やさしいのはいい、とても大切なことだ。だが、それだけでは定町廻りは務まらん。わしは、そなたに他人の痛みがわかるやさしさと、どんな困難にも負けない強さを兼ね備えた青柳さまのような人間になってもらいたい。だから、青柳さまの下で働けるように、当時の同心支配にお願いしたのだ」

「知りませんでした」

平四郎は唖然とした。

「もしかしたら、もう孫を見ることが出来ぬかもしれない。万が一のときは、小夜と子どもと三人でしっかりと生きていくのだ」

「父上」

「平四郎。取り乱すではない」

「はい」

平四郎は込み上げてくる涙をこらえた。

その日、出仕すると、平四郎は青柳剣一郎に父のことを話した。

「なに、只野どのが」

目を閉じ、剣一郎は膝に置いた拳を握りしめた。

やがて、剣一郎は静かに目を開けた。

「只野どののお心を決して無駄にはすまい。よし、さっそく、その百姓家周辺に腕利きの者を張り込ませよう」

「ありがとうございます」

平四郎は頭を下げた。

「平四郎。そなたはすごい父親を持ったものだ」

「もったいないお言葉」

平四郎はそっと目頭を拭った。


夕方に、屋敷に帰ると、すでに平蔵はいなかった。いっしょについて行った奉公人が帰っていて、

「無事に、向こうにお着きになりました」

と、話した。

「ごくろう」

平蔵がいなくなった屋敷は寒々としていた。小夜が無事に子どもを産み、早く戻ってくることを願った。

が、次の瞬間、平蔵が生まれてくる子の顔を見ることが出来ないかもしれないと思うと、やりきれなくなった。

七

翌日、剣一郎は本所南割下水の屋敷に村木新五郎を訪ねた。

小普請組組頭の許可をとりつけた上での訪問であり、村木は渋々ながらも剣一郎を部屋に通した。

汚れた家だ。主人の心の有り様を物語っている。

村木は剣一郎の前であぐらをかいた。剣一郎が名乗り、挨拶をしている間も、そっぽを向き、最初から敵意を剝《む》き出しにしていた。

「いったい、何がききたいのだ?」

少し、酒が入っているようだった。

「村木さまは、絵師の国重とご親交があるようでございますが？」

「それがどうした？」

「どのようにして知り合われたのでしょうか」

「覚えておらん。どこかの呑み屋でいっしょになったか、だろう」

「このお屋敷にもお出でになっているのですね」

「ここはいろんな連中が出入りをしているからな」

「手慰《てなぐさ》みですか」

「なんだと」

顔をしかめ、村木は横を向いた。

「絵師とは仮の姿。ほんとうは、殺し屋の疑いがあります。これまでに被害者が七名」

「なんのことやら」

村木は冷笑を浮かべた。

「村木さま。国重が依頼主をどうやって探したのか。また、どこで依頼主と会ったのか。そこのところがわかりません」

「俺には関係ない話だ」

「もしかしたら、このお屋敷ではないかと思ったのですが」

「ばかな。話にならん」

「村木さまは、国重とはいつごろからのお知り合いでございますか」

「一年ほど前からだ」

「再会が、ということでございましょうか」

「なに？」

村木の眦《まなじり》がつり上がった。

「国重は、じつは七年前に逐電した新見紋三郎ではありませんか」

「ば、ばかな。そんなことはない」

村木は狼狽《ろうばい》した。

「村木さま。どうぞ、正直にお話しくださいませぬか」

「おぬしが何を言っているのかわからん」

不貞腐れたように、村木は体を横に向けた。

「国重が手にかけた中に、御小人目付と御徒目付のふたりがおります。御徒目付組頭も配下の者ふたりを殺され、激しく憤《いきどお》っておられます。場合によっては、村木どのにもとんだとばっちりがあるかもしれませんぞ」

剣一郎は威した。

「俺は知らん」

「一昨夜、国重は久松町の家からいなくなりました。行方に心当たりはありませぬか」

「ない」

「そうですか。国重さえ捕まれば、すべてが明らかになります。ご無礼を仕《つかまつ》りました」

剣一郎は立ち上がった。

廊下に出ようとしたところで、剣一郎はわざと気がついたように振り返った。

「そうそう、もう一つお訊ねすることがありました」

村木新五郎は眉を寄せた。

「お京という女子は今、どちらに？」

「なんだ、そんな女は知らぬ」

「そんなはずはございますまい。与之助という男の博打の負け金の形にとったと聞いております」

「誰がそんな出鱈目《でたらめ》を」

「出鱈目でございますか」

「そうだ。嘘っぱちだ」

村木はいらだって叫ぶ。

「村木さまのところから、お不動の六蔵のもとに移されたのでしょうか。それとも、この屋敷のどこかに」

「無礼を申すと捨ておかんぞ」

村木は立ち上がった。

「何をそんなにお怒りでございますか。それでは、まるで今の私の言葉が真実だったかのように思えますが」

「きさま」

「村木どの。あとで後悔することのないように身を処することです。すべてを白状すれば、それなりのご慈悲も」

剣一郎はそのまま踵《きびす》を返して廊下を玄関に向かった。

大森屋の取調べは続いている。相変わらず、容疑を否認している。

国重に高崎屋殺しを依頼したこともなければ、浪人の野上伊右衛門に国重殺しを依頼したこともないという主張だ。

死罪がかかっているだけに、大森屋は必死だったが、それだけ肝の太い男でもあった。拷問にも口を割らないだろうという強さがあった。

だが、村木新五郎はそれほど肝は太くない。必ず、動き出すはずだ。

門を出てしばらく行くと、浅吉が斜め向かいの屋敷の陰から出て来た。

「いかがでしたか」

「だいぶ揺さぶりをかけてきた。必ずや動き出す。頼んだぞ」

「畏《かしこ》まりました」

会釈をして、浅吉は斜め向かいの屋敷の陰に戻った。

本所南割下水から隅田川の土手に出て、剣一郎は川を上るように北に足を向けた。三囲《みめぐり》神社、長命《ちょうめい》寺と過ぎて、寺島村に入り、土手から一本道を下る。左手前方に松林が見える。

やがて、百姓喜作の家が見えて来た。百姓家の離れと言っても、母屋から少し離れていた。

深編笠をかぶった剣一郎は畦道《あぜみち》を通り、遠目にその離れを見た。母屋には隠密廻り同心の作田新兵衛が作男として入り込み、近くの百姓家にも百姓に変装した同心がいる。

さらに、遠巻きにして町方が目立たぬように監視しており、万全の態勢をとっていた。

離れの庭に、只野平蔵が現れた。

寒風の中で、死をも恐れぬ姿は神々しくさえ映った。だが、死なせてはならぬ、と剣一郎は厳しい顔をした。

冬の昼間は短く、もう辺りは影がかかったように暗くなってきた。暮六つ（六時）の鐘が鳴りはじめた。

国重は果たして来るのか。

今、植村京之進は国重の隠れ家を探索している。

国重の家にいた手伝いの老婆、国重と付き合いのある版元などを聞き込んでいる。国重には女がいたはずだ。

久松町の家は世を忍ぶ仮住まい。ほんとうの家は別にあり、そこに国重の情婦がいるはずだ。

剣一郎は喜作の家に近い百姓家の納屋に向かった。

そこに植村京之進が待機していた。

「ご苦労」

「現れるでしょうか」

京之進が声を震《ふる》わせたのは寒さのせいばかりではない。緊張しているのだ。

「来る。あの男は自尊心が強い。請け負った仕事を放って逃げることはまずあるまい。ただ、今夜来るか。明日か明後日か」

そこに、隠密同心のひとりが駆け込んで来た。

「土手から下りて来た男が喜作の家のほうに向かっています」

「来たか」

剣一郎は身を引き締めた。

笠をかぶった黒装束の男がしっかりした足取りで、確かに喜作の家のほうに向かっている。百姓とは思えない。

男は喜作の母屋に近づいた。それから、庭をまわり、離れに向かう。

「行くぞ」

剣一郎は声をかけた。

それより早く、母屋から作田新兵衛が飛び出していた。

剣一郎たちがかけつけると、平蔵も出て来ていた。

たちまち、笠の男を取り囲んだ。

「国重。観念しろ」

京之進が怒鳴《どな》った。

すると、笠の男はあとずさりしながら震え出した。

おやっと、剣一郎は不審を持った。

「笠をとれ」

剣一郎が怒鳴った。

男が笠をはずした。ちょうど雲が切れ、月明かりが射した。

「違う。別人だ」

平蔵が叫んだ。

男は国重とは似ても似つかぬ馬面《うまづら》の男だった。

「おぬし、なにしにここに来た」

「あっしは頼まれただけだ。笠をかぶって、ここの離れを訪ねろと」

「頼まれた？　誰だ、頼んだのは？」

「知らねえ男だ。一両くれるって言うから」

「どこでだ？」

「吾妻《あずま》橋だ。途中までいっしょに来た」

「しまった」

国重は囮《おとり》を使ってためしたのだ。

罠だと気づき、いち早く逃げたに違いない。

ただちに来た道を戻ったが、無駄だ。

「どうやら、わしの賭《か》けも失敗に終わったようだ」

平蔵が茫然と呟いた。


だが、天は剣一郎たちを見捨ててはいなかった。

浅吉が村木新五郎のあとをつけ、ついに国重の隠れ家を見つけたのだ。

その夜のうちに、瀬戸物《せともの》町の隠れ家を急襲した。

だが、そこにいたのは小娘がひとりだった。夜中に起こされて、泣きべそをかきながら剣一郎の前にやって来た。

「国重はどうした？」

剣一郎は静かにきいた。

「昼間、旅に出ました」

「旅だと？　どこだ、行き先は？」

「知りません」

「女はどうした。国重の情婦がいたであろう」

「お蔦《つた》姉さんも旅に」

「いっしょか」

「いえ。姉さんは三日前に旅に出ました」

どこかで落ち合うはずだ。

剣一郎は家捜しを命じた。

すると、小娘がおずおずと言った。

「たぶん、姉さんは沼津宿《ぬまづ》で、旦那さまと落ち合うのだと思います」

「沼津？　どうして、そう思うのだ？」

「じつは姉さんが、旦那さまにもらった文を読んでから長火鉢で燃やしたんです。それが燃えきれずに少し残っていました。そこに沼津宿と書かれていたのです」

「旅籠《はたご》の名はわからないのだな。よし」

剣一郎は京之進に向かって言った。

「明日の朝、ひとを揃えて沼津に発《た》つんだ。向こうの代官所には早飛脚で手配を頼んでおく」

剣一郎は怯えている小娘に向かい、

「よくやった。お手柄だ」

と、ほめてやった。

第三章　箱根峠《はこねとうげ》

一

じっとしていると足元から凍《こお》りついていくようだった。底冷えのする夜だ。

平四郎は煮物屋の横の路地に身をひそめていた。お不動の六蔵の売春宿にもぐり込んでいる由蔵を待って、今夜で三日になる。

ときたま足踏みをし、両手に息を吹き掛ける。

今夜は、あのときほど警戒は厳しくないようだ。他人の目をはばかるほどの大物の客が来ていないのだろう。

拍子木《ひょうしぎ》の音が去り、また静寂が訪れた。

按摩《あんま》の吹く笛の音が遠ざかったあと、黒い人影が現れた。六蔵の手下らしき遊び人ふうの男だ。その男が小名木川のほうに行き、しばらくして戻って来た。すると、羽織姿の商家の旦那ふうの男が出て来た。

「だいじょうぶです。では、お気をつけて」

手下が商家の旦那を見送り、来た道を戻って行った。

再び、人影が途絶えた。寒気が蘇《よみがえ》る。平四郎は足踏みをし、手のひらで体をこすった。

さらに半刻（一時間）近く経って、年配の恰幅《かっぷく》のよい男が、手下に付き添われて出て来た。

手下は小名木川の河岸まで様子を見に行き、それから戻って来て、年配の男に何事か囁《ささや》いた。年配の男は、軽く会釈をして、去って行った。

手下が引き上げて行く。さっきの男と違うが、由蔵ではなかった。

六蔵の売春宿は岡っ引きでも迂闊《うかつ》に入れないという。へたに身分を隠して入り込み、あとで岡っ引きだとばれたらたいへんなことになると、平蔵が言っていた。

そういう場所に由蔵はもぐり込んだのだ。

国重を追って、植村京之進たちが江戸を発ってきょうで三日。明日あたり、沼津宿に到着するかもしれない。

国重の情婦が残した文の燃えかす。そこに残っていた文字を手伝いの娘が見ていたとは、さすがの国重も知る由《よし》もない。

国重が唯一犯《おか》した失敗だ。平四郎は国重を自らの手で捕縛できなかった無念さを噛《か》みしめながら、それを断ち切るように、由蔵のことに思いを向けた。

村木新五郎の屋敷から出て来た由蔵を見かけてから十日以上経つ。由蔵が、お京の行方を探っていることは間違いない。

ひょっとして、由蔵が受け持っているのは反対側に出る道のほうだろうか。それだったら、いつまで経っても由蔵が現れるはずがない。

今夜も由蔵を見かけることはなさそうだ。明日は別の道で待ち構えたほうがよさそうだと、平四郎は思った。

諦《あきら》めて引き上げようと、踵《きびす》を返した。すると高橋を渡ってひとりの男がやって来るのが見えた。

平四郎は路地の暗がりに身を隠した。男が近づいて来た。いつぞや、由蔵のあとをつけていたときに、現れたふたりのうちのひとり、髭面《ひげづら》の男だ。右手に晒《さら》しのようなものを巻いている。

平四郎は迷った末に、男の行く手を塞《ふさ》ぐようにして飛び出した。

「誰でえ」

髭面は身構えた。

「俺だ。いつぞや、会ったことがある。覚えているか」

「あっ、おまえは」

髭面は逃げ腰になった。

「待て。ちょっとききたい」

「なんでえ」

「新参者の男がいたな。由蔵という」

「由蔵？」

「いつぞや、おまえが、匕首をもって暴れたときに、村木新五郎のところから屋敷に戻った二人のうちの一人だ」

「ああ、あのときの」

「思い出したか」

「ああ」

「いつも、誰かが村木の屋敷に行っているみたいだが、いったい何しに行くんだ？」

男は口をつぐんだ。

「おい、どうなんだ？」

「なんでえ、やるのか」

平四郎が迫ると、男が怯《おび》えた。

「何もしやしない。だから、教えろ」

「村木さんの紹介で来たという客のことを、念のために村木さんに確認しに行くんだ」

「なるほど。そういう客は侍だな」

賭場か女か。いずれにしても、村木新五郎は武士の客を六蔵のところに斡旋《あっせん》しているのだ。だが、その客が来ると、村木新五郎に知らせている。場合によっては、村木自身が客の顔を見に来るのかもしれない。それだけ用心深いということだ。

それが、お不動の六蔵のやり方なのだろう。

「で、由蔵は今、どこにいる?」

「言えねえ」

「教えてくれ。あの男は俺の知り合いなんだ」

「知り合い?」

髭面は戸惑いを見せた。

「どこにいるか、教えてくれ」

「あいつ、土蔵の中にいる」

根負けしたように、髭面が答えた。

「土蔵だと？　どういうわけだ」

「わからねえ。いきなり、旦那がとっつかまえろと言い出したんだ。まあ、ときたま妙な動きをしていたからな」

旦那というのは、六蔵のことだ。

そうか、由蔵は正体がばれたのだ。

「由蔵がいるのは、どこの土蔵だ？」

「旦那の住まいだ。俺が喋《しゃべ》ったなんて言わねえでくれ。行かなくちゃ」

「待て。六蔵は今夜、どこだ。賭場に来ているのか」

「いや、冬木町だ」

髭面は逃げるように去って行った。

一刻の猶予もなかった。由蔵を助けなければならない。

六蔵との関係を、平蔵から聞いている。お互い、利害関係で結ばれてきたのだ。八丁堀でさえも、迂闊には手出し出来ない、得体の知れぬ不気味さは、六蔵の背後に大物が控えていることを想像させる。

だが、平四郎はこのままでは引き返せなかった。

気がついたとき、足は冬木町に向かっていた。

お不動の六蔵は表向きは口入れ屋の看板を出している。広い間口の戸は閉まっていた。

平四郎は潜《くぐ》り戸を叩いた。

「どなたさんで？」

内側から声がする。

「只野平四郎と申す。主人に会いたいのだ。主人に通してくれ」

「この時間は、もうどなたもお会いしないことになってますが」

「なんとか話だけでも通してくれ。只野平蔵の伜《せがれ》だと言ってもらえればわかると思う」

「だめだと思いますが、ちょっときいて参ります」

戸の内側から男が去った。

寒風が吹きつけ、平四郎は肩をすくめた。

しばらくして、潜り戸が開いた。

「どうぞ」

刀を持ち直して、平四郎は男のあとにしたがった。

通り庭を抜け、庭に面した部屋の前に案内された。男は濡れ縁に上がって、障子の前で声をかけた。

「連れて参りやした」

「よし。こっちへ通せ」

「へい」

男が障子を開けた。

その部屋には誰もいない。襖《ふすま》の向こうの部屋のようだ。

「おはいんなさい」

襖の向こうから声がした。

平四郎は襖を開けた。

行灯《あんどん》の明かりの中に、ふとんの上で男が若い女に腰を揉《も》ませていた。切れ長の目の色っぽい女だ。その女は平四郎に顔を向けようとせず、せっせと腰を揉んでいる。

六畳間で、衣桁《いこう》に六蔵のものらしい縞《しま》の着物がかかっている。香が焚《た》かれ、よい匂いが漂っていた。寝間のようだ。

「六蔵どのか」

平四郎は声をかけた。

「只野の旦那の息子さんですって」

六蔵はうつ伏せの顔を向けた。まるで目の中に匕首《あいくち》を呑《の》んでいるかのような鋭い眼光だった。

「そうだ。只野平四郎と申す」

「他人を訪問する時間にしてはずいぶん遅いようですが」

「申し訳ない。急ぎの用だ」

「一刻も争うほどの急ぎの用だということですか」

六蔵は腰を揉ませながら言う。

間近で見ると、肌艶は若々しい。父と張り合っていた男だとすると、父とそれほどの年齢差はないように思えるが、はるかに若々しく見える。毎晩、美しく若い女と接しているからだろうか。

「いったい、どんなことですかえ」

「こちらに由蔵という男が厄介《やっかい》になっているはず。どうか、引き渡してくれないか」

「はて、由蔵とは？」

「最近、そちの手下に入ったものの、不審な行動を疑われて今は土蔵に閉じ込められている。その男だ」

「もっとこっちだ」

六蔵は女に揉む場所を指示する。

しばらく六蔵は腰を揉ませていたが、

「確かに、犬が入り込んでいると、手下が騒いでいた。すると、その犬を放ったのが平四郎さんってことですか」

「由蔵は犬ではない。誤解だ」

平四郎は膝《ひざ》を進め、

「由蔵は以前は父の小者を務めていた。だが、五年前にやめ、深川今川町にある『佐久屋』という小間物屋の主人に気に入られ、娘婿に入った。ところが、この娘がとんだあばずれだった」

平四郎はこれまでの経緯を正直に話した。

「すると、その由蔵ってのは、お京という女を探しにここにもぐり込んでるってわけですかえ」

もういい、と手で女を制してから、六蔵は半身を起こした。

「由蔵は、絵師の国重の家に忍び込んだ。だが、お京はおらず、国重に見つかってしまったのだ。お京を探しているときいた国重は、この賭場のことを話したのだと思う」

「そう。確かに、由蔵って男は国重に世話してもらった。だから、安心して手下に加えた」

やはり、思っていたとおりだった。

「平四郎さん。お京なんて女は、俺のところにはいねえ」

「でも、何人もの女を抱えているのではないのか」

売春宿では、素人《しろうと》の女を使って客をとっているのだ。お京は客の相手をさせられていたのではないか。

「いや。お京はいない」

「いない？　しかし、お京は村木新五郎の手でどこかに移された。そこが、六蔵どののところだと国重に言われ、由蔵はもぐり込んだのだ。国重がそんなことで嘘をつくはずはない」

「なるほど」

六蔵は顔をしかめた。

「そういうわけだったか。こいつは国重にはめられたかもしれねえな」

「どういうことだ？」

「由蔵は、大事な客のあとをつける真似《まね》をしたのだ」

「客のあとを？」

「そんな真似は許せねえ。そうじゃねえですかえ。だから、なんの目的でもぐり込んだのか白状させようとしたんだ。だが、平四郎さんの話でわかった。そうか、国重は由蔵を使って、自分に接触してきた人間の身元を突き止めさせようとしたのだ」

「すると、国重はここで誰かと会ったのか」

「まあ、そうです」

「その相手の男の素性を調べさせるために、国重が由蔵を送り込んだというわけか」

「そうなりますね」

「国重に迷惑がかかると思えば、絶対口にしない。由蔵はそういう男なのだ。でも、なぜ、国重は自分と会った客の身元を調べようとしたのか」

平四郎は疑問を口にした瞬間、そのわけに想像がついた。

「そうか。相手は身分、素性を偽って国重に接触して来たというわけか」

「そういうことですぜ。国重は相手が偽っていると感づいていたんでしょう」

「だから、由蔵を騙《だま》して、国重は相手の身元を探らせようとしたのか」

「どうやら、そういうことらしいですな」

六蔵は顔をしかめ、

「わかりやした。事情がわかれば、由蔵には用はねえ。連れて行ってもらいやしょう。ただし、歩けねえほど弱っているので、駕籠《かご》を呼びやしょう」

六蔵は手を叩いた。

さっきの男がやって来た。

「駕籠を呼べ」

「へい」

「かたじけない」

「なあに、こいつも只野さまとの縁だ。平四郎さん。早く、定町廻りになって、おやじさんみたいな同心になってくだせえよ」

「六蔵どの。もう一つ訊《たず》ねていいか」

「なんですかえ」

「いや、いい」

父に頼まれて国重に殺しの依頼をしたことをきこうとしたのだが、そこには立ち入ってはいけないような気がした。

平四郎の心の中を読んだのか、六蔵が冷笑を浮かべた。

「駕籠が参りました」

廊下から声がかかった。

「よし。客人を土蔵に案内し、由蔵を駕籠まで運んでやれ」

六蔵は顔を戻し、

「平四郎さん。あっしと只野の旦那は敵でもない、味方でもない。そんな微妙な関係なんですぜ。いずれ、あなたともそういう関係が作れそうだ」

「正直言って、今の私には六蔵どのと父との関係が十分に理解出来たとは言えないが、少なくとも父はあなたを信頼していた」

平四郎はそう言ってから、男のあとについて土蔵に行った。

土蔵の中で、由蔵が柱に結わかれていた。顔を腫《は》らし、口から血を流して、ぐったりしている。

「由蔵」

平四郎が駆け寄った。

小刀で結わいてある縄を切り、由蔵の体を自由にした。だが、由蔵は気を失っている。平四郎は由蔵の肩を揺すり、頰《ほお》を叩いた。

やっと由蔵が薄目を開けた。信じられないものを目にしたような顔をした。

「平四郎さま」

「喋るな。さあ、肩につかまれ」

「手を貸しますぜ」

六蔵の手下が言ったが、それを断り、平四郎は由蔵を駕籠のところまで連れて行った。

だが、八丁堀まで連れて行くのは無理だ。

「今川町だ」

駕籠かきに、平四郎は『佐久屋』と告げた。

二

三日後。木枯《こが》らしが吹きつけている。

剣一郎は只野平四郎と儀島源太郎とを伴い、見廻りに出かけた。

毎年この季節は火事が多くなる。暖をとるために多くの者が火を使い、また風も強く吹く。なにしろ、木造りの家、板葺《ぶ》きの屋根は火の粉の飛び移りでも火事になる。したがって、一朝火事が発生すれば、たちまち大火事になるのだ。

国重こと新見紋三郎を追った京之進から、まだ捕縛の知らせはない。京之進は地の底までも追いかけて行くという覚悟で臨んでいるが、吉報を受け取るまで落ち着かなかった。

数寄屋橋御門を出たところで、牢屋敷より送られてきた囚人の一行と出会った。吟味与力の取調べのために、小伝馬町《こでんまちょう》から連れて来られたのだ。

先頭に突棒《つくぼう》を持った警護の男、引き続き囚人たちが後ろ手に縛られ、ひとりの縄取りの男が数人の縄尻を持っている。

月代《さかやき》も伸び、無精髭の男たちに混じって、女の姿もあった。

その囚人の中のひとりを見て、剣一郎はおやっと思った。大森屋彦兵衛がいたのだ。

痩《や》せていた。顔も青白く、おぼつかない足取りだ。その面変わりの激しさに、剣一郎は衝撃を受けた。

「あれは大森屋でございましょうか」

平四郎も心配そうにきいた。

「そうだ。哀れな姿だ」

何日にも及ぶ牢生活で徐々に、大森屋の気力も弱っていっているのか。

大森屋彦兵衛は、先日剣一郎が訪れたあと、身代を子どもに譲り、自分は隠居した。身に危険が及んだのを察して、手を打ったのだ。

新見紋三郎がいずれお縄になって、江戸に連れられて来る。そのときに紋三郎を自白に追い込むためにも、大森屋の証言が必要なのだが、大森屋は店を守るために口を閉ざし続けるだろう。

四人の一行が数寄屋橋御門を渡って行ったのを確かめて、剣一郎は再び歩を進めた。

「平四郎。由蔵の様子はどうだ?」

「はい。だいぶ回復して参りました」

「『佐久屋』で養生しているようだな」

「はい。お京の二親が快く迎えてくれました」

「しかし、年寄り夫婦で十分な看病が出来るのか」

「それが、看病する者がおりまして」

「ほう。そのような者がおるのか。それは、よかった」

木枯らしが吹きつけ、剣一郎は口を閉ざした。もう本格的な冬の到来だ。

各町内を見廻りながら、陽が西に大きく傾いた頃、本石町《ほんこく》一丁目に差しかかった。

　すると、そこの自身番の番人が剣一郎を待っていた。

「青柳さま。至急、お奉行所にお戻りくださいとの伝言がありました」

「なんだろう」

　すぐにはわからなかったが、大森屋の青白い顔が過《よぎ》った。

「私は先に戻る。あとを頼む」

「はっ」

　礒島源太郎と只野平四郎に言い、剣一郎は奉行所に急いだ。

　奉行所の潜り門を入ると、同心が青ざめた顔で、

「たいへんです。大森屋彦兵衛が吟味の最中に倒れました」

「で、容体は？」

「だめだったそうです」

「なに」

　剣一郎はすぐに年番方の部屋に行った。

　宇野清左衛門が困惑した表情で座っていた。

「宇野さま」

「おう、青柳どのか。大森屋が死んだぞ。医者を呼んで手当てをさせたが、手の施《ほどこ》し

ようがなかった」

「牢屋敷から出て来るのを見掛けたとき、痩せて青白い顔なので、心配していたのですが」

「牢内ではほとんど食事もとっていなかったらしい」

剣一郎は吐息を漏らし、

「大森屋は自ら死を望んだのですね」

紋三郎が捕まるのは時間の問題であり、紋三郎の口からすべてが明らかにされたら『大森屋』は存亡の危機に直面する。

大森屋彦兵衛は自らの死をもって店を守ろうとしたのだ。あとは、伜《せがれ》に託して。

「で、大森屋の亡骸《なきがら》は？」

「検死を済ませ、乞食に下げ渡した」

「遺族には？」

「連絡した。伜がすぐに千住《せんじゅ》に向かったようだ」

入牢している者が死んだ場合、死骸は家族に引き渡されない。乞食の手によって千住小塚原《こづかっぱら》に捨てられる。だが、家族は、その乞食に金子《きんす》を渡して、こっそり死骸を引き取ることが出来る。

「大森屋に死なれたのは痛い」

宇野清左衛門が渋い顔をした。

そこに、当番方の若い与力が駆け込んで来た。

「宇野さま。早飛脚です」

「なに。さあ、寄越せ」

京之進からだと思った。

宇野清左衛門は封を切り、手紙を開いた。

目を動かしていたが、やがてその顔に笑みが浮かんだ。

「青柳どの、やったぞ。紋三郎の身柄を押さえたそうだ」

「京之進、やりましたね」

剣一郎は手紙を受け取った。

京之進たちが沼津に到着したとき、国重はすでに沼津を発っていた。だが、宿場役人が尾行し、行き先を突き止めていた。そして、焼津で情婦と共に取り押さえたという。

紋三郎が捕まったことで、剣一郎は胸を大きく撫《な》で下ろした。だが、捕縛の朗報も大森屋の死によって喜びは半減していた。

その夜、剣一郎は文七《ぶんしち》を呼んだ。

大森屋が死んだ今となっては、次の狙いは村木新五郎だった。村木新五郎の証言を得て、新見紋三郎の自白を得なければならない。そのためには、村木新五郎を捕らえなければならないのだ。

寒いのに、いつものように文七は庭からやって来た。

眉《まゆ》が濃く、鼻筋も通り、整った顔立ちの文七は濡れ縁の下で畏《かしこ》まった。

文七は普段は小間物の行商をしているが、身が軽く、動きが機敏で、単なる商人とは思えない男だ。

どういう素性で、何をしてきた男か、剣一郎にとっても謎だった。もっとも、剣一郎が深く詮索《せんさく》しないことも、文七を謎の男にしているとも言えるが、話したくなれば文七のほうから言い出すだろうと思っている。

ただ、知っているのは、文七の父親が多恵の父親にたいそう世話になったということだ。その恩誼《おんぎ》から、文七は多恵のために身命を賭《と》するという思いを持っているようだった。

その多恵の世話で、剣一郎は文七に手伝ってもらうようになったのだ。

「文七。すまぬが、本所南割下水の御家人の村木新五郎の屋敷に忍び込んでもらいたい。その屋敷から女がひとり消えた。屋敷内にいるのではないかと思う。調べてもらいたい」

「畏まりました。では、今夜」

頭の回転が速いので、文七はすべてを言わずとも剣一郎の意図を察する。

「うむ、頼む」

頭を下げ、文七は庭の暗がりに消えて行った。

文七を見送ったあと、多恵がやって来た。

「いつも文七には助けてもらっている。いつか、その働きに報いてやらねばな」

「そのお言葉、文七もさぞ喜びましょう」

多恵は目を細めた。

翌朝、雀の囀《さえず》りに目が覚めた。ふと、何かの予感がして、剣一郎は部屋を出て、濡れ縁に出た。外は薄明るくなっていた。

庭に文七が控えていた。

「文七。いつからだ。寒いだろう。さあ、中に入れ」

「いえ、だいじょうぶでございます。早く来てしまい、申し訳ございません。村木新五郎の屋敷の裏庭の隅に、盛り上がった土がありました」

「まさか、そこに」

「はい。ひとが埋められているものと思われます」

「そうか」

土の下にいるのはお京であろう。想像していたことだったが、現実に確認されると胸が激しく痛んだ。

「文七。ごくろう。寒かろう。朝飯を食べていけ」

「いえ。もったいのうございます」

文七は一礼して、すばやく立ち去った。

ふと柱の陰に、多恵がいるのに気づいた。


その日、出仕した剣一郎は宇野清左衛門に村木新五郎のことを話し、小普請組組頭に屋敷の探索の許可を得るように頼んだ。

それから、剣一郎は深川冬木町にある『大和屋《やまと》』に向かった。

表向きは、雇い人の斡旋《あっせん》をする口入れ屋だが、実際は深川一帯の盛り場を取り仕切っている地回りの総元締めだ。

贅《ぜい》を尽くした造りの家の、庭に面した客間で、大和屋六蔵こと、お不動の六蔵と向かい合っていた。

上品で温厚そうな顔立ちから、深川の裏の世界を牛耳《ぎゅうじ》っている男という印象はまったく受けない。だが、目の光の強さに、この男がただ者ではないことがわかる。お不動の六蔵の異名は裏社会での通り名だ。

大和屋には五十人以上の奉公人がいるが、それと同じくらいの居候がいると言われている。

その居候は犯罪者であったり、駆け落ち者であったり、家出人だったりする。そういう社会から弾き出された者を、六蔵は受け入れているのだ。

「かねがね、青柳さまのお噂《うわさ》は聞いておりました」

六蔵は穏やかな口調で言う。

「この青痣のことか」

「はい。青痣与力と言われるようになった経緯も。荒くれの浪人たちの中にたったひとりで乗り込んで行ったときの名誉の傷だそうで」

「若さゆえの無鉄砲というだけだ」

「ご謙遜《けんそん》を」

大和屋は穏やかに笑った。

「そのほうこそ、裏の世界を取り仕切っていると言われている。たいしたものだ」

「私にそんな力はありませんよ」

「まあ、いい。じつは、きょう訪ねたのは絵師国重のことだ。国重は焼津で捕縛になったそうだ」

「ほう」

六蔵の表情が一瞬だけ厳しくなった。

「江戸に戻って来るまで十日ぐらいかかるだろう。もし、国重がすべてを白状したら、何人もお縄者は出るであろう」

「で、私にお話とは？」

「絵師国重が元御家人の新見紋三郎であることを知っていたか」

「それは知りません。私はただ村木新五郎さまの紹介で知り合っただけでございます。そのとき、村木さまからはそのような話を聞いておりません」

嘘をついているかどうか、わからない。

「そちは、国重が殺し屋であることを知っていたのだろう」

「私はひとが何をしていようが興味はございませんので。ただ、絵師として応援してやろうと思っただけです」

「半年ほど前、本所界隈に勢力を伸ばしてきた、伊勢《いせ》の常八《つねはち》という男が殺された。心の臓を一突きにされてな」

「お言葉ではございますが、伊勢の常八殺しに私は関係ありませぬ。もし、私が常八をやるにしても、国重に殺しを依頼することはありません」

「なるほど。それを引き受ける人間が居候の中にうじゃうじゃいるってことか」

「まあ、そんなところでございます」

　六蔵は苦笑した。

「だが、伊勢の常八が死んで利益を受けたのは、そなたであることは間違いない。伊勢の常八の縄張り、つまり本所界隈もそなたの手に入ったのだから」

「それは否定いたしません。でも、伊勢の常八殺しを国重に依頼したのは私ではありませぬ。常八を恨んでいる者はたくさんおりました。女房をとられた男も、店を潰《つぶ》された者もおります。しかし、国重の口から私の名が出ることはありませんよ」

「だが、国重が依頼主の名を言おうとしなければどうなる？」

「どうなるとは？」

訝《いぶか》しげに、六蔵がきいた。

「自分が殺し屋であることを、国重が認めなかったら、奉行所としては別の手段で、それを証明せねばならない」

剣一郎は含み笑いをし、

「つまり、国重が殺し屋であることを証明するには、国重に依頼したものを白状させればいい。そうとは思わぬか」

「しかし、依頼主だって、おいそれと喋りはしないでしょう」

「そうだ。だが、依頼主に頼るしか手がないのだから、依頼主を責めるのが一番だ。たとえ、拷問にかけても」

「…………」

「では、依頼主を見つけるにはどうすればよいか。犠牲者になった者の周辺で、一番利益を受けた者を探せばよい。そのひとりが大森屋だった。だが、この大森屋は昨日奉行所で死んだ」

六蔵の眉が動いた。

「大森屋がいなくなった今、他の犠牲者周辺から利益を受けた者を探し出した。その中で、伊勢の常八殺しで利益を受けた者だけがはっきりしている」

「先程も申し上げたように私は関係ありません」

「だが、利益を受けたことは間違いない。したがって、奉行所としては、そちを調べざるを得なくなる。そうは思わぬか」

「なるほど。青柳さまの仰《おつしや》りたいことがようやく見えてきました。ようするに、国重が黙秘を続ければ、依頼主として私の身辺に捜索が入る。そういうことですね」

「そうだ。そちが依頼主であるかどうかは関係ない。調べが入れば、他にも影響が及ぶかもしれない。それを、阻止するには、国重を白状させることだ」

「青柳さまには敵いませぬな。私が伊勢の常八殺しの依頼主ではないことを承知しながら、そうやって威《おど》しをかけてくるのですから」

「いや、威しではない。問題は、国重に言い逃れできぬ証拠をつきつけ、白状させたいのだ。そのために、力を貸して欲しいのだ」

「どんなことでございましょうか」

「もう一度きく。国重が、元御家人の新見紋三郎であることを知っていたか」

「じかに確かめたわけではございませんが、そうではないかと思っておりました」

「村木新五郎とそなたはどういう関係なのだ」

「もともと、村木さまに賭場の用心棒代わりをお願いしていたのです。そのうち、村木さまは自分の屋敷でも賭場を開くようになりました。もちろん、そっちは安い賭け金です。私どものほうは大店の主人からお武家さままでやって来られます」

「女もいるということだが？　心配ない。ここで聞いたことはすぐ忘れる」

「はい。お金にお困りのお武家さまの妻女を金持ちの旦那衆にお世話をさせていただいております」

「なるほど。大森屋も客だったのか」

「さようでございます。ただし、国重との橋渡しをしたのは村木新五郎さま。村木さまが、依頼主を探してこられたのです」

「やはり、そうであったか。村木新五郎の首根っこを摑《つか》んで白状させる。そのために力を貸して欲しいのだ。いや、たいしたことではない。我らが、村木新五郎に対してやろうとしていることに目を瞑《つぶ》っておいてもらいたいのだ」

「なにをなさるおつもりで？」

「お京の行方を探すのだ」

「平四郎さんが仰っていた女ですな。私は、お京とやらは知りませんが」

「お京は、村木の屋敷の庭にいる」

六蔵は眉を寄せた。

「殺されていると？」

「そうだ。残念ながら」

「なぜ、殺されたのでございましょうか」

「おそらく、村木新五郎と国重の会話を立ち聞きしてしまったのではないか。国重が殺し屋であることがばれると思い、村木新五郎が始末したのだ」

剣一郎は言い、

「頼みというのは、村木新五郎に何かの用事をいいつけ、どこかに誘《おび》き出してもらいたい。その間に、屋敷の庭に踏み込む」

六蔵は腕組みをしていたが、すぐ腕を解き、

「わかりました。で、いつでございますか」

「きょうにでも。一刻（二時間）ほど引き止めておいてもらえればよい」

「わかりました。夕方七つ（四時）に、村木さまをここにお呼びいたしましょう。なあに、口実はいくらでもあります」

「かたじけない。それでは」

剣一郎が立ち上がると、六蔵がきいた。

「青柳さまは、どうして私に御目付殺しの依頼主をお訊《たず》ねにならないのですか。国重

と会った侍の名を私が知っていると思われているのではありませぬか」

「当然、そちは知っていよう。だが、そちにきいても素直に喋るとは思えない。それに、やはり、紋三郎の口から吐き出させることが重要」

「ありがとうぞんじます」

「はて、礼を言われる筋合いはないが」

「私に火の粉がかからぬようにとのご配慮と察しました」

「どのようにでもとれ」

剣一郎は部屋を出た。大和屋は、奉行所にとっても、社会にとっても、必要悪の存在なのだ。

三

その頃、平四郎は『佐久屋』の奥の部屋に来ていた。

医者が引き上げたあとで、由蔵は静かに横たわっていた。枕元には、おみねがいる。

泥水長屋で由蔵の隣に住んでいた女だ。由蔵が怪我《けが》したことを告げると、看病させてほしいと言い、三日前から『佐久屋』に泊まり込み、由蔵の看病と、お京の両親の食事の面倒などをみていた。

「どうだ、様子は？」

平四郎はおみねにきいた。

「お医者さまも順調に回復していると言っていました」

「それはよかった」

「平四郎さま」

由蔵が口を開いた。

「話して、傷は痛まぬか」

「だいじょうぶです」

「由蔵、きいてよいか」

「はい」

「おまえは村木新五郎が絵師の国重の家に入るのを見届けたな」

「はい。村木新五郎がお京をどこかに移したのではないかと思い、ずっとあとをつけていたら、あの絵師の家に入って行ったんです」

傷口が痛むのか、ときおり、由蔵は顔をしかめながら話した。

「近所で聞いたら、あの絵師のところにはときたま女が出入りしていると聞き、お京は絵の写生のためにどこかに閉じ込められているのかもしれないと思い、その夜、忍び込みました」

「で、国重に見つかったのか」

「はい。ところが意外にも事情を話すと、親身になって、国重は、お京はお不動の六蔵がやっている売春宿にいるかもしれない。そこにもぐり込めるように世話をするから、ひとつ頼みを聞いてくれと」

「それで、国重と会っていた侍のあとをつけたのか」

「はい。ところが、市ヶ谷《いちがや》の辺りで駕籠を見失ってしまいました。その翌日、いきなり、仲間に取り押さえられたのです。お侍をつけたのが、六蔵にわかってしまったようです」

「国重には、侍をつけたことを知らせたのか」

「はい。市ヶ谷で見失ったことを文で伝えました」

国重は、相手の侍が素性を偽っていると疑っていたのだろう。

「平四郎さま、お京はどうなっちまったんでしょうねえ」

「由蔵。お京を探して、どうしようとしたのだ?」

「ここに戻って、与之助といっしょに地道にお店を守っていってもらいたかったんですよ。お京だっていつまでも若くいられるわけじゃねえ。今度こそ、心を入れ替えて、両親を安心させてあげてもらいたかったんですよ」

「なぜ、そこまで？」

「なぜって。そうじゃねえと、ふたりが可哀そうじゃねえですかえ」

お京の両親は向こうの部屋で小さくなっている。お京がいなくなって、すっかり老け込んでしまったと、由蔵が言った。

「由蔵さん。お薬を呑む時間ですよ」

おみねが薬を持って来た。

「おみねには厄介《やっかい》をかけるな」

平四郎は礼を言う。

「いえ、とんでもありませんよ」

少し恥じらいぎみに、おみねは答えた。

「これからも頼む」

「はい」

薬を呑み終えるのを待って、

「由蔵。お京はもうこの世にいないと思ったほうがいい」

と、平四郎は小声で言った。

「あっしもそう思います。あれほど探したのに見つからないのは……」

由蔵はため息をもらした。

「ちょっと、親御さんの様子を見てきます」

おみねが隣の部屋に行った。

「ほんとうによくやってくれるな」

平四郎はおみねを見て言う。

「寝ずに看病してくれやした」

「そうか」

「あのひとも小さい頃に親に捨てられ、苦労して来たそうです。親の味を知らないせいか、お京の二親を実の親のように世話を焼いています」

おみねが二親に声をかけている。

「平四郎さま。お京のことで何かわかったんじゃないんですかえ」

「お京は村木新五郎の屋敷の庭に埋められているようだ」

「なんですって」

叫んだ拍子に激痛が走ったのか、由蔵が悲鳴を上げた。

今朝、青柳剣一郎から知らされたことだった。

「可哀そうに」

その思いはお京に対してではなく、お京の両親に向けられたもののようだ。

店先に誰か来た。おみねが出て行った。

おみねがやって来て、

「旦那に、お奉行所から」

平四郎が出て行くと、浅吉の手下だった。

「七つ（四時）に屋敷に踏み込むそうです。お京の顔を知っている者を連れて来るようにとのことでした」

「わかった」

平四郎は部屋に戻った。

「また、何かわかったら、知らせる」

平四郎は刀を持って立ち上がった。

平四郎は与之助の長屋に向かった。

剣一郎をはじめ、平四郎や小者たちが村木新五郎の屋敷に踏み込んだのは七つ過ぎだった。

村木新五郎は、六蔵に呼ばれていて留守だった。

踏み込むに当たっては小普請組組頭の許可を得てあった。

屋敷の中に、中間ふうの男や浪人者もいたが、ただ呆気《あっけ》にとられていただけで、手出しはしなかった。

「よし、掘れ」

剣一郎は小者たちに命じた。

文七が指し示した場所に、小者たちは用意してきた鍬《くわ》や鋤《すき》を入れはじめた。

平四郎は固唾《かたず》を呑んで見守った。土がどんどん掘られて行く。

暗くなって来て、提灯《ちょうちん》を灯した。

だいぶ深く掘り下げた。小者のひとりが何か叫んだ。いっせいに穴の周辺に皆が集まった。

穴の中に、赤っぽい着物の一部が見えた。平四郎は息を呑んだ。

さらに掘り進め、土をどかし、やがて一部白骨化した女の死骸が出て来た。

顔を確かめるまでもなく、お京だと思った。とうに、お京は殺されていたのだ。それを知らずに、由蔵は村木新五郎をつけ回し、そして六蔵の賭場にまでもぐり込んだのだ。

　死骸が穴から出された。

　平四郎は与之助を引っ張って来た。

「顔を見ろ」

　与之助はへっぴり腰で死骸に近づいた。

「さあ」

　平四郎が急《せ》かすと、与之助が泣きそうな顔で死骸を見た。

「あっ、お京だ」

　与之助が叫んだ。

「お京に間違いないな」

　剣一郎が念を押した。

「間違いねえ。こんな姿になっちまって……」

　与之助はへなへなと座り込んでしまった。

　そこに村木新五郎が帰って来た。庭の騒ぎに、血相を変えて駆け込んで来た。

「おぬしら、なんだ。八丁堀の不浄役人が勝手に屋敷に入っていいと思っているのか」

剣一郎が村木新五郎の前に出た。

「組頭さまには許可を得ている。村木どの。あれを見られよ」

お京の死骸が見えるように、剣一郎が体をずらした。

「おのれ」

村木新五郎は事態を察し、刀の柄に手をかけた。すぐに、剣一郎が一喝した。

「村木新五郎。神妙にせよ」

剣一郎の腹からの声に、村木新五郎は柄に手をかけたまま、無念の形相を向けていた。

四

翌日、年番方与力の宇野清左衛門が落ち着かなげにうろうろしていた。ときおり立ち止まっては手にした扇子で自分の膝をぽんと叩いて、また部屋を歩き回っている。

青柳剣一郎は部屋の前に跪《ひざまず》いて、

「宇野さま。お呼びでございましょうか」

と、歩き回っている宇野清左衛門に声をかけた。

「おう、青柳どの。さあ、こっちへ」

いつもの威厳に満ちた顔ではなく、すがりつくような、気弱そうな目で剣一郎を見て、部屋に招じた。

「青柳どの。新見紋三郎は焼津からきょう出発することになっているそうだ」

「植村京之進から手紙が来たそうで。京之進のお手柄」

剣一郎は定町廻り同心の植村京之進を褒《ほ》めた。

焼津で新見紋三郎の身柄を確保したあと、護衛の役人を派遣し、きょうになってようやく護送の準備が整ったのだ。

紋三郎は唐丸駕籠に乗せられ、東海道《とうかいどう》を下って来ることになる。これが、強盗の頭目のように仲間がいるならともかく、紋三郎は一匹狼であり、その点で護送が楽だと皆は思っている。

紋三郎を助け出そうと襲撃してくる者がいないからだ。

「その紋三郎の件で何か」

剣一郎は、宇野清左衛門の曇った表情を訝りながらきいた。

「じつは、ゆうべわしの屋敷に原田宗十郎どのがやって来たのだ」

御徒目付組頭の原田宗十郎がわざわざ宇野清左衛門に会いに来たとは只事《ただごと》ではない。

「原田どのが？」

「いったい、何事でしょうか」

剣一郎は緊張してきいた。

原田宗十郎にとって、新見紋三郎は大事な証人である。配下の御徒目付と御小人目付のふたりを殺害するように依頼した者の名を白状させる必要があるのだ。

「じつは、怪しい侍や浪人たちが数日前から東海道を上っているという報告があったらしい」

宇野清左衛門はため息をついた。

「まさか、紋三郎を助けようと」

「いや。原田どのは、その連中は紋三郎を助けるのではなく、紋三郎の命を奪おうとしているのではないかと言っている」

宇野清左衛門の頬の肉が震えた。

剣一郎は声を失った。

お白州で、紋三郎がべらべら喋ってしまうことを恐れた者が、刺客を放ったものと思える。

「で、一行はそのことを知っているのですか」

「今朝早飛脚を送った。ともかく、三島《みしま》で動くなと命じた。紋三郎を奪い返そうとするなら防ぎようもあるが、命を奪おうとしているのだ」

「では、どうするおつもりで？」

「警護の数を増やすのはもちろんだが、それだけでは心もとない。おぬしの役儀とはまったく違うが、どうか行ってくれないか」

「私に護衛を？」

「そうだ。護衛に加わらずともよい。遠くから見守ってくれまいか。唐丸駕籠からつかず離れずに……」

思いもしなかった命令であった。

つい、顔の青痣に手をやった。この青痣によって、自分の与力人生がずいぶん変わったように思える。

剣一郎自身は風烈廻りと例繰方の二つの掛かりを受け持つ与力であるが、青痣与力としてのもうひとりの自分は、奉行所内ではいつしか特別な位置にいるようになっていた。

「青柳どの。ぜひ、引き受けてもらいたい。なんとしてでも、新見紋三郎を無事に連れてきて、すべてを白状させねばならぬのだ」

「しかし」

剣一郎は迷った。もし、紋三郎を迎えに行くとしたら、往復で十日ほどかかる。その間、奉行所を留守にしなければならない。

「お奉行のご意向でもあるのだ」

すでに根回しは済んでいるようだった。

引き受けざるを得まい。剣一郎は下腹に力を込め、

「わかりました。さっそく出立いたします」

「おう。行ってくれるか。かたじけない。このとおりだ」

宇野清左衛門が剣一郎の手をとらんばかりに喜んだ。

剣一郎は礒島源太郎と只野平四郎のふたりに、事情を話し、それから例繰方の同心にも説明した。そして、剣之助に留守中のことを頼んだ。

「父上、おひとりでですか」

剣之助は心配そうにきいた。

すっかり大人びた顔立ちになり、どこか亡き兄に雰囲気も似てきたような気がす

る。

「だいじょうぶだ。それより、十日近く留守をすることになる。あとのことは頼んだぞ」

「はい」

「夜遊びも控え、屋敷のほうを守ってくれ」

「夜遊びだなんて」

剣之助はあわてた。

「遊んで悪いというのではない。ただ、わしの留守中はおまえが青柳家を守らねばならぬ。その自覚を持てということだ」

「はい。わかっています」

少し心細そうな表情になって、剣之助は答えた。


奉行所を退出し、八丁堀の組屋敷に帰った。

早く引き上げて来た剣一郎に、多恵が珍しく驚いた顔をして、

「このような時間にいかがなさいましたか」

と、迎えに出た。

「急のことで、三島まで行かねばならなくなった。すぐ、支度をしてくれ」

「はい」

多恵はよけいなことをきかず、すぐに旅の支度にかかった。野袴《のばかま》に野羽織を着て、大小刀に柄袋をかける。

「勘助《かんすけ》らをつれて行かれるのですか」

「いや。ひとりで行くつもりだ」

「では、あとから、文七を行かせます」

多恵の言葉に、剣一郎は一瞬迷った末に、

「いや、それには及ばない。それより、文七にはよく働いてもらっている。少し労《ねぎら》ってやってはどうか」

「はい。ありがとうぞんじます」

多恵が頭を下げた。

「では、行って来る」

剣一郎は草鞋《わらじ》を履《は》き、多恵と娘のるいに見送られて屋敷を出立した。

日本橋から東海道を上った。京橋、新橋《しんばし》を過ぎ、高輪で、

「ここでよい。留守を頼んだぞ」

と、見送りに来た若党の勘助を追い返し、ひとりになって品川宿を過ぎた。

三島宿で京之進らと落ち合う手筈《てはず》になっている。切羽詰まった状況ではないが、気が急《せ》いてならない。

六郷《ろくごう》の渡しを渡ると川崎《かわさき》宿である。渡し船に揺られながら、あわただしかったきょうのことを振り返り、そして、新見紋三郎のことに思いを馳せた。

紋三郎は目付殺しの依頼主を知っている。そのことを白状されて困る者がいるのだ。御徒目付組頭の原田宗十郎はそれに心当たりがあるが、証拠はない。だが、新見紋三郎から証言を引きだせば、それをとっかかりに相手を取り押さえることが出来る。そういう狙《ねら》いがあるのだ。

船を下りると、川崎宿だ。日本橋から約四里（十六キロ）。川崎大師への参詣の客も多い。

次の神奈川《かながわ》宿まであと約三里（十二キロ）。陽が傾いている。冬の日は短いが、剣一郎は、休まずに川崎を素通りして、神奈川宿に向かった。

道中する者が多かったが、さすがにこの時間に神奈川宿まで行こうとする者は少ない。

松林が続き、左手に海が見える。だんだん、陽が落ちて来た。神奈川宿に入ったときは、すっかり暗くなり、旅籠の軒行灯の明かりが誘いかけるように光っていた。

剣一郎はそのうちの一軒に入った。


翌日、まだ暗いうちに宿を発ち、東海道を西へ向かった。馬に乗った侍、駕籠に乗った者、荷物を背負った男など、街道に行き交う旅人は多い。

いつしか旅人の中に敵方の者を探す目つきになっている自分に気づいた。敵はどこで襲撃をするか。これまでの街道筋は旅人も多く、襲撃にふさわしい場所はなかった。やはり、襲うとすれば箱根路であろう。

その夜は平塚《ひらつか》宿に泊まり、三日目も早朝に宿を発ち、東海道の松並木を一路、次の宿、小田原《おだわら》に向かった。

冬空に富士《ふじ》が映えている。酒匂《さかわ》川に出た。橋がないので、人足の担ぐ蓮台に乗って川を越える。

小田原城がそびえている。

ここから三島宿まで八里（三十二キロ）。だが、箱根は急坂の難所が続く。江戸から上方に向かう旅人はここ小田原宿に泊まる。

古い宿に入り、足を濯《すす》ぎ、部屋に落ち着くと、さすがに歩き通しだった疲れが出た。夕飯のあとに、植村京之進に、明日三島に到着する旨の手紙を書き、宿の主人に飛脚屋の場所を聞いて、宿を出た。

城下町だけあって、ひとの数も多い。大きな宿場町である。宿の客引きも激しい。ただ、飯盛女がいないので、男の客はつまらなそうだった。

飛脚屋を見つけ、そこに手紙を預け、外に出たとき、ふとすれ違った男の表情が一瞬緊張したのに気づいた。

男は足早に遠ざかり、途中で振り返った。が、剣一郎の視線に気づくと、あわてたように走って行った。

三十前後のやくざふうの男だ。旅人らしくはなかった。だが土地の人間が剣一郎の顔を見て、顔色を変えるとは思えない。

あの男は、この頰の青痣を見たのだ。青痣与力と知っている男だ。剣一郎に見覚えはないが、向こうは知っている。

紋三郎を殺そうとする一味の者か。

三島に近づき、どこに敵が潜んでいるかもしれない。あるいは、敵はこの小田原で襲う計画を立てているのか。

剣一郎は宿に戻った。宿も客で一杯だった。


翌日、剣一郎は握り飯を作ってもらい、夜明け前に宿を発った。ちらほら、他の宿からも出立する旅人の姿が見受けられる。

まだ暗い道を行くと、風祭《かざまつり》一里塚に差しかかった頃に夜が明けてきた。さらに進むと、早川《はや》に出て、湯本三枚橋《ゆもとさんまい》を渡る。橋の傍《そば》には数軒の茶屋があり、早立ちの旅人が休憩していた。

三枚橋を渡ると、道は次第に急坂になってきた。剣一郎は地を踏みしめるように上って行く。

右手に北条《ほうじょう》氏の菩提《ぼだい》所である早雲《そううん》寺が見えてきた。剣一郎は先を急いだ。やがて、道は石畳《いしだたみ》となる。

見えて来たのは甘酒を売る小屋だった。剣一郎はそこで、熱い甘酒を呑んでしばし休息し、再び先を急いだ。

「旦那。ちょっと待ってくださいな」

後ろから旅の女が追いかけてきた。

剣一郎は立ち止まった。さっき、甘酒小屋で休んでいた女だ。剣一郎より先にあの場所まで来ていたのだから、相当早く宿を出たのだろう。それとも剣一郎を待ち構えていたのか。油断ならぬと、思った。

「何か、用かな」

剣一郎は女を待ってきいた。首が細く、うりざね顔の年増だ。

「なんだか、この先、変なのが出そうな気がして」

「変なのだと？　まさか妖怪が出るわけではあるまい」

「妖怪ならまだまし。雲助か山賊」

「そんな噂があるのか」

「はい。宿で聞きました。女のひとり旅は気をつけたほうがいいって。旦那。後生ですから、ごいっしょさせてくださいな」

「しかし、俺は先を急いでいる」

「決して、足手まといにはなりませんよ。あっ、待ってくださいな」

女はあわててついて来る。

この女は何者か。敵方のまわし者か。それとも、旅人を狙う女掏摸《すり》か。

「姉さん、もう、足手まといになっているんじゃありませんかえ」

手甲脚絆《きゃはん》に草鞋《わらじ》ばき、着物の裾を端折《はしょ》り、道中差しの町人ふうの男が追い抜いて行った。今の男は女の仲間ではないのかという疑いが脳裏を掠《かす》めた。

いよいよ『女転ばしの坂』と呼ばれている急坂に差しかかった。いつの間にか、女は剣一郎の連れのようになっていた。

喘《あえ》いでいる女に手を貸してやったりしながら、やっと坂を越えた。

畑《はた》宿に着いた。小田原宿を早立ちした旅人のための茶屋が立ち並んでいた。畑宿は、挽物《ひきもの》細工、指物《さしもの》細工、漆器細工などの細工物の生産が盛んであった。

剣一郎と女は茶屋に入って湯漬を食べた。

「旦那はどちらまで」

ようやく一息ついたのか、女がやっと口を開いた。

「俺は三島だ」

「あれ、じゃあ、すぐじゃありませんか」

「姉さんは？」

「私は伊勢《いせ》まで」

「ほうお伊勢参りか」

「そんなんじゃありません。仕事ですよ。ちょっと野暮用があったので。連れが向こうにいるんですよ」

横顔に、少し寂《さび》しそうな翳《かげ》が生じた。

「せっかく、旦那とごいっしょ出来ると思ったのに」

女はがっかりしたように言う。

「そろそろ行くぞ」

剣一郎は立ち上がった。ふたりぶんの代金を払い、茶屋を出た。

「旦那。いいんですかえ。すみません」

「さあ、また急坂が控えておるぞ」

一里塚を過ぎると、道は急坂になった。

「これじゃ、まるで岩をよじ登るみたいじゃないですか」

女が絶望的な悲鳴を上げた。

「怯《ひる》むことはない。さあ、行くぞ」

剣一郎は女を励ました。

女は喘ぎながら杖をついて上る。剣一郎も汗をかいてきた。

やっと登り切ると道は平らになった。だが、道はまた上り坂になった。木立の中は薄暗く、ひんやりしているが、汗をかいていた。

ふと樹間を透かして眼下に芦ノ湖《あしのこ》が見えた。

「まあ、きれい」

女が疲れを忘れたように言った。

坂を下り、芦ノ湖畔に出た。大小の石仏、供養《くよう》塔がたくさん安置されている。

賽《さい》の河原から杉並木を通り、新谷町に出た。十五軒ほど茶屋が並んでおり、さっきの手甲脚絆に道中差しの男が腰掛けに座って休んでいた。

「そこが関所ですぜ」

男は剣一郎に声をかけた。

「姉さん。手形はだいじょうぶかえ。女改めは厳しいって話ですぜ」

「手形は持っているけど」

女は不安そうな顔をした。

「さあ、行こう」

剣一郎と女はまっすぐに関所に向かった。

関所の背後は屛風《びょうぶ》山、前面は湖だ。関所の前には通行人が大勢順番を待っていた。

剣一郎たちは江戸口の前の列に並んだ。

関所には、番頭一名、横目付一名、番士三名、定番人三名、足軽中間十五名などの役人が控えている。

順番が来て、女が先に関所の門をくぐり、番所の前で定番人に手形を見せた。

やがて、女は番所に連れて行かれた。人見女による改めがあるのだ。

剣一郎は用意した手形を見せたあと、武士、あるいは浪人者の一行が通らなかったかきいた。

「いえ、通りません」

奉行所の与力と知って、相手は丁寧に答えた。

上方口を出たところで待っていると、やっと女がやって来た。

「ああ、不愉快ったらありゃしない」

女はぶつぶつ文句を言った。

どうやら帯までとかれて調べられたらしい。

「出女は厳しいと聞いていたが、そちのような女にまで厳しいとはな」

もともとは大名の妻子が江戸から国に帰るのを取り締まるために設けられたはずだが、女とみれば誰でも厳しい調べが行われるようだ。

「まあ、これで一安心だ。さあ、行こう」

例の道中差しの旅人はまだやって来ない。気にしながら、剣一郎は先を急いだ。

やがて、箱根宿に入った。本陣が六軒、脇本陣が一軒、旅籠も七十二軒ある。

剣一郎はここを素通りして先を急いだ。女もついて来た。また、杉並木の道が上りになる。箱根峠だ。

峠を登り切った。伊豆《いず》と相模《さがみ》の国境である。

ここから道は三島まで下り坂になる。途中、ちょっとした急坂があったが、どうにか女も無事に付いて来た。

錦田の一里塚を過ぎた頃にはすっかり暗くなっていた。谷田までやって来ると、三島宿の灯が見えて来た。

「もうすぐだ」

剣一郎は女に言った。相当疲れているようだった。

三島宿は本陣二、脇本陣三、旅籠が七十四軒あるという。剣一郎は女をいたわりながら三島権現社の大鳥居の前までやって来た。

その先に旅籠が並んでいる。この宿場の旅籠には飯盛女がおり、近在の若者たちも遊びにきていて、非常な賑《にぎ》わいを見せていた。

剣一郎は飯盛女を置いていない『扇屋《おうぎや》』という旅籠に女と共に入った。

「部屋は二つだ」

剣一郎は足を濯ぐための桶《おけ》を持って来た女に言う。

「あら、旦那。私はごいっしょでも構わないんですよ」

隣で、足を濯ぎながら女が言う。

「ばかを申せ」

「夕飯は、いっしょのお部屋にしてくださいな」

女が女中に言った。

剣一郎は二階の部屋に落ち着いた。飯盛女の置いてある旅籠からは賑やかな声がする。

窓の下に、手甲脚絆に道中差しの男が通った。剣一郎は障子の陰に身を隠した。あの男、腰が座っている。単なる旅の者ではないと、思った。

新見紋三郎は、韮山《にらやま》代官所の三島陣屋の牢屋に閉じ込められている。宿の者に、三島陣屋にいる京之進に手紙を持たせた。着いたことを知らせたのだ。

風呂から上がると、夕飯の支度が出来ていた。

やがて、女も風呂上がりでやって来た。

「さっぱりしました」

洗い髪がなまめかしい。こうやって改めて顔を見ると、色っぽい女だった。

女中が酒を持って来た。

「はい、ごくろうさま」

女は女中から銚子《ちょうし》を受け取った。

「酒など頼んでいないが」

「私が頼んだんですよ。さあ、旦那、一献」

剣一郎は苦笑して猪口《ちょこ》をつかんだ。

今度は剣一郎が酌をしてやると、女はうれしそうに猪口を差し出し、

「じゃあ、旦那。お疲れさま」

「うむ。姉さんもよく頑張ったな」

「ええ。疲れました。足がもうぱんぱん」

女は横に流した足を叩いた。裾がまくれ、白い足が露《あらわ》になる。

「さあ、どうぞ」

女が銚子を差し出す。

「もう、旦那とはお別れですね」

「そうだな。伊勢までの旅の無事を祈っている」

「旦那は、なぜ、私が伊勢くんだりまで行くのか事情をきかないんですか」

「ひとには皆、さまざまな事情がある。また、ひとに問われて答えられるものもあるし、答えられんものもある」

「旦那が三島に来た用事は、答えられないものなのでしょうね」

剣一郎は黙って猪口を口に運んだ。

「私はね。男に売られて行くんですよ」

剣一郎は微《かす》かに眉を寄せた。

「私は湯島で茶屋勤めをしていました。悪い男に惚《ほ》れちまったんですよ。男が伊勢で博打を打って大負け。手紙であたしに泣きついてきたんです」

「そんな男のために、なぜ自分を犠牲にするのだ？」

「私がばかなんですよ。あのひと、私がいなきゃなにも出来ないんです」

「まだ、惚れているのか」

「どうしようもないんですよ」

剣一郎は苦い酒を呑んだ。

お京も与之助のために村木新五郎のもとに行ったのだ。あげく、殺された。

「おまえが伊勢に行けば、男は助かる。だが、おまえはどうなるのだ？　その男といっしょにいられるのか。違うだろう」

「旦那。いいんですよ。私はばかな女なんです」

女は目尻を濡らした。

「あら、もう空」

女は手を叩いた。

新たに銚子が運ばれて来た。

女は強かった。いつの間にか、空の銚子が並んでいた。

障子の外で、男の声がした。

「番頭でございます。よろしいでございましょうか」

「入れ」

「はい」

障子が開いて、番頭が入って来た。

「ただ今、陣屋からの使いがこれを持って参りました」

剣一郎は手にとった。

京之進からで、使いの者といっしょに陣屋まで来られないかと認《したた》めてあった。

「使いの者にすぐ行くから、と伝えてくれ」

「畏まりました」

　番頭が去った。

「用が出来た。すまんが、行かねばならない」

「いえ、旦那。つまんない話を聞かせてしまって申し訳ありません。気にしないでください な」

「いや。達者を祈っておる」

　剣一郎は刀を持って部屋を出た。


　それから四半刻（三十分）後、剣一郎は陣屋で、京之進と会った。

「青柳さま」

　京之進が安心したような顔つきになった。

「ご苦労だった」

　いたわったあと、剣一郎は表情を厳しくし、

「何か変わったことは？」

「ありませぬ。宇野さまのお手紙では、不審な侍が江戸を発ったとかいうことですが、こちらにはなにも」

「襲うとすれば、箱根の山中であろう。敵の狙いは紋三郎の命だ」

助けることが目的ではないから、どんな手段を使ってでも襲撃してくるかもしれないと、剣一郎は注意を促《うなが》した。

「紋三郎に会わせてくれないか」

「はい。こちらでございます」

京之進の案内で、剣一郎は牢屋に行った。

陣屋の役人が剣一郎に会釈をする。

独房に、紋三郎は入れられていた。

真ん中にあぐらをかいて端然と座っている。髭は伸び、くすんだ顔の中に、大きな目玉があった。

「国重こと新見紋三郎か」

剣一郎は声をかけた。

「青痣与力か。わざわざ、俺を江戸に送るために出向いて来たのか」

紋三郎は大きな声で応じた。

「そなたの身を守るためだ」

「俺の身を？　そうか。奴らが俺をな」

紋三郎は合点したように頷《うなず》く。

「そうだ。大森屋彦兵衛が浪人者を使って、おぬしを始末しようとしたようにな」

紋三郎は冷笑を浮かべた。

「大森屋は死んだ」

「ほう。そうか」

何の感慨もないように言う。

「紋三郎。おぬしに目付殺しを依頼した人間は誰だ？」

「言えぬな」

「なぜだ？　奴らはおぬしの口を封じようとしているのだぞ」

「それでも言えぬ」

「目付殺しだけではない。他のことも、すべて白状してもらわねばならぬ」

「何を話すのだ？」

「おぬしのやり方だ。依頼主がどうやっておぬしのことを知ったのか」

「さあね」

「まあ、村木新五郎が白状するだろう」

「村木新五郎も捕まったのか」

「そうだ。だから、おぬしはもう逃れられる術はない」

「全部話したあとで、獄門だなんて、割りが合わねえな」

紋三郎は口許を歪《ゆが》めた。

「おかみにもお慈悲がある。おぬしの出方によっては罪一等を減じられるはずだ」

「まあ、考えておこう」

「明日、ここを出発する。おそらく箱根路のどこかで敵が襲い掛かって来るだろう。もしおぬしが殺されたら、おぬしの仇を討つことが出来ぬ。だから、目付殺しの依頼主を言うのだ」

剣一郎はもう一度迫った。

だが、紋三郎は首を横に振った。

「そうか。では、あとはお白州だ」

「江戸まで無事に辿《たど》り着けたらな」

紋三郎は平然としていた。

剣一郎は独房から離れた。

「あの男、お縄になったあとも悠然としています。不気味なくらいです」

京之進が言う。

「強がっているのだ」

剣一郎は、明日の打ち合わせをして、宿に帰った。

翌日の夜明け前に、紋三郎を乗せた唐丸駕籠を担ぎ、京之進の一行が三島陣屋を出発した。警護の者が十数人、前後を固めている。

剣一郎も宿を出た。

二階の窓から、きのうの女が黙って見送った。剣一郎も目顔で、達者でと告げた。お互い名乗りあうこともなく、女は西へ、剣一郎は東に戻るのだ。

剣一郎は一行のあとを追った。

きのう通った道を逆に向かうのだ。三ツ谷《みや》新田を過ぎてから急坂になる。唐丸駕籠の一行は前を行く。

笹原《ささはら》新田に差しかかった。江戸から数えて二十六番目の一里塚がある。それからしばらく平坦な道を行き、やがて山中《やまなか》新田に差しかかった。

両側に茶店が並んでいる。一行はこのまま素通りし、いよいよ箱根峠を登って行く。

剣一郎は緊張した。この辺りが危うい気がするのだ。風に揺れる木立の音にも神経が過敏になる。

前を行く一行の最後尾の侍の後ろ姿が小さく見える。峠を登り切る寸前の疲れが出たところを狙ってくるか。

いよいよ峠に近づいたが、無事に峠を越えた。

そこから杉並木の道を下り、箱根宿に着いた。

ここの問屋場には雲助がたくさんいて、旅人の荷物を運ぶ仕事を請け負っている。

箱根宿で少し休憩をとり、一行は出発した。剣一郎も遅れて発った。

深山幽谷《しんざんゆうこく》の中に入って来た。と、そのとき、ふと剣一郎は妙なことに気づいた。後ろに、他の旅人の姿が見えない。剣一郎は一行の先のほうを見通した。

どうやら、一行と剣一郎以外の旅人はいないようだった。後方で何があったのか。

剣一郎は戻ってみたい衝動にかられたが、その間にも敵が現れるかもしれない。

鬱蒼《うっそう》とした中を、唐丸駕籠を守る一行は関所に近づいた。

剣一郎が一行との差を詰めようとしたとき、林の中から女の悲鳴を聞いた。道端に女物の笠と杖《つえ》が落ちているのに気づいた。

剣一郎は迷った。敵の罠かもしれない。だが、もし、ほんとうだったら女が危険な目に遭っていることになる。

また、悲鳴が上がった。迷っているときではない。剣一郎は木立の中の草むらを分け入った。

悲鳴が近づいた。

赤銅色に日に焼けた半裸姿の雲助ふうの男がふたり、旅の女にのしかかっていた。女の帯は解かれ、白い足が剝《む》き出しになっている。女を手込めにしようとしているのだ。

「待て」

剣一郎は駆け寄った。

雲助が顔を向けた。

「狼藉《ろうぜき》はやめるんだ。女を放せ」

剣一郎は一喝する。

「邪魔すると、てめえも痛い目に遭うぜ」

大男がこん棒を手に剣一郎に向かって来た。

剣一郎は体を開き、こん棒の攻撃を軽くよけた。たたらを踏んだ相手の腰に思い切って足蹴《あしげ》を入れると、はでに大男は一回転して仰向けに倒れた。

もうひとりの男が匕首《あいくち》を抜いた。

「雲助がそんなものを持っているのはあやしいな」

「うるせえ」

「よさぬか。痛い目に遭いたくなくば、とっとと失せろ」

「そうはいくか」

鋭い目を光らせ、匕首を構えて迫った。

雲助は問屋場に名を登録して、厳しい山道を上り下りして旅人の荷を運ぶ人足である。体力もあり、力も強くなければ務まらない。それだけに気性の荒い者がたくさんいた。しかし、旅人を襲うなどというのはめったにない。

ましてや、雲助が匕首を呑んでいるのはおかしい。

「おぬし、雲助ではないな」

「うるせえ」

相手が匕首をかざして躍《おど》りかかってきた。剣一郎は半身を開いて、相手の手首を掴むや腰を落とし腕をひねった。相手は宙を一回転して地べたに叩きつけられた。

剣一郎はすぐ男に近寄り、拾った匕首を男の喉《のど》に突きつけた。

「おまえはどこから来た。誰に頼まれた？」

「俺は箱根宿の人間だ」

「嘘つくな」

七首をぐっと喉に押しつけられると、男は目に恐怖の色を浮かべた。

もうひとりの男は倒れたときに石に背中を打ちつけたのか、まだ呻《うめ》いている。

「言うのだ」

そのとき、背後に殺気を感じた。

剣一郎は振り返り、あっと声を上げそうになった。

数人の男たちが迫って来た。浪人がふたり、あとはやくざ者たちだ。

剣一郎は立ち上がった。すでに鯉口《こいぐち》を切った。

「そうか。この俺を青痣与力と知ってのことか。つまり、おまえたちの依頼主は、紋三郎を始末したい者」

いきなり、髭面の浪人が抜き打ちで襲って来た。

剣一郎は抜刀した。相手の剣を弾き返した。唐丸駕籠の一行は関所を越えたはずだ。

(しまった)

敵は関所を過ぎてから唐丸駕籠を襲うつもりだとわかった。

口をくちゃくちゃさせた顔のでかい浪人が片手に剣を提《さ》げて迫った。口を動かしているのは、どうやら癖のようだ。

口の動きが止まると同時に、浪人は剣を握り直し、上段から斬りつけてきた。その剣を下からすくい上げ、剣を返して横にないだ。敵も飛び下がって剣一郎の剣を避け、今度は正眼に構えた。

口の動きが止まっている。余裕がなくなっているのだと、思った。しかし、剣一郎も焦《あせ》った。一刻の猶予もない。

剣一郎は足を踏み込んで剣を突いた。相手があわてて後退《あとずさ》った。と、同時に横合いから、もうひとりの浪人が斬りかかってきた。

剣一郎は身を翻《ひるがえ》して、その剣をかわし、すぐさま、踏み込んで行った。相手は体勢を崩した。

その隙《すき》に、剣一郎は敵の中に躍り込み、敵陣を突破しようとした。だが、剣一郎の行く手を遮《さえぎ》ろうと、敵が立ちはだかる。

この連中は浪人者だ。江戸を出立した武士ではない。つまり、三島辺りに巣くうやくざ者だろう。小田原宿で見かけた怪しいやくざ者。どうやら、あの男が地元のやくざを駆り集めたのであろう。

しかし、こんな連中を相手にしている暇《ひま》はないのだ。一行が襲われる。

焦りが剣一郎を包んできたとき、誰かが駆け寄って来た。

「助太刀《すけだち》する」

道中差しを抜いて、手甲脚絆に草鞋ばき、着物の裾を端折った町人ふうの男が分け入った。

「おぬしは？」

「ここはあっしが。旦那は先を急いでください」

「かたじけない」

剣一郎は囲みを突破し、山道に出て、先を急いだ。

関所を抜け、賽ノ河原を過ぎ、杉木立に入ったところで、怒声が轟《とどろ》いた。

剣一郎は焦って、山道を急いだ。激しい剣戟《けんげき》の息遣いが樹木の隙間から伝わってきた。

襲撃現場に辿《たど》り着いた。警護の者たちはてんでんばらばらになっていた。剣一郎は抜刀して、敵陣に分け入った。

唐丸駕籠から植村京之進がひとりで敵を防いでいた。だが、だいぶ疲れているようで、京之進は肩で息をしていた。

「京之進、だいじょうぶか」

敵の刃を蹴散らしながら、剣一郎は駆け寄った。

「青柳さま」

京之進の息遣いが荒い。京之進は腕に手傷を負っていた。他の警護の者も苦戦を強いられている。敵は十人近くいる。皆手練の者だ。

剣一郎は唐丸駕籠を背に、剣を構えた。

長身の武士が八相の構えから上段に直して斬りかかった。剣一郎は剣を斜めにして受け止めた。そして、さっと相手の剣を弾き、相手の胸目掛けて突き刺した。

相手が体勢を崩した。そこを、踏み込み、肩を斬った。

今まさに敵のひとりが唐丸駕籠に近づいていた。剣一郎は駆け寄り、敵の背後から斬りかかった。

敵も振り向いて、剣一郎の剣を受け止めた。剣一郎はぐっと押し込み、なおも押し込んで相手を突き放し、剣を横になないだ。

切っ先が相手の脾腹《ひばら》をかすめた。相手は戦意を喪失したように、後退った。

駕籠の中で、紋三郎は目を閉じていた。ときおり、敵の刃が唐丸駕籠を突いており、駕籠は何ヵ所も破れていた。

「待て」

怒鳴り声が轟いた。

何者かが関所のほうから駆けつけてきた。さっきの助太刀をしてくれた男だ。その男を先頭に、関所の役人たちがやって来た。

「引け」

敵のひとりが怒鳴った。

ぱっと敵は関所と反対方向に駆けて行った。

「だいじょうぶか」

剣一郎は護衛の者たちに声をかけた。皆、手傷を負っていたが、たいした怪我ではないようだった。

唐丸駕籠の中で、紋三郎が他人事《ひとごと》のように冷笑を浮かべていた。

「そなたは、もしかして」

道中差しの旅の男に目をやった。

「はい。原田さまより仰せつかって参りました」

町人の形《なり》をしていたが、御小人目付だった。

「そうか。おかげで助かりました」

「いえ。ともかくご無事でようございました」

「さっきの連中は？」

「何人かが伸びております。おそらく、三島に巣くうやくざ者です。金で雇われたに違いありませぬ」

味方の負傷者は五人、深手を負ったものがふたりいたが、命には別状なかった。だが、このふたりは警護の列に加わることが出来ず、いったん、関所に戻って治療を受けることになった。

ふたり欠落したが、駕籠かきの他、剣一郎と御小人目付のふたりが加わり、警護の人間は九名で小田原宿に向かった。


平塚、川崎と泊まり、襲撃から三日後に、六郷の渡し場にやって来た。

船を待つ間、剣一郎は唐丸駕籠に近づいた。

「新見紋三郎。もうすぐ江戸だ」

「よく無事に来れたものだ」

紋三郎は他人事のように言う。

「観念して、依頼主の名を言うのだ」

「言えぬな。俺には自尊心がある」

「自尊心だと？　なんの自尊心か。侍としてのか、それとも殺し屋としてのか」

「どっちかな」

紋三郎は軽く受け流した。

いよいよ渡し船に乗り込んだ。

船を下りてから、再び唐丸駕籠を担いで出立した。

「ここまで来れば、一安心でしょう」

御小人目付の男が言った。

「いや。油断は禁物だと思います」

剣一郎は答えた。その予想どおり、一行が鈴《すず》ヶ森《もり》に差しかかったとき、突然、刑場横にある松の樹の陰から銃声が聞こえた。列が乱れ、騒然となった。

弾は唐丸駕籠をかすめた。明らかに、紋三郎を狙ったものだ。

さっと黒覆面の連中が一行を挟み打ちにした。警護の者は、駕籠を背に一斉に剣を抜いた。味方は九人に対して、敵は十人以上いる。

「臆するな」

剣一郎は鯉口を切った。

「短筒の男に注意をせよ」

唐丸駕籠を京之進らに任せ、剣一郎は真っ先に敵陣に打って出た。それをきっかけに、敵と味方が入り乱れた。

剣一郎は首領格の侍を追った。すると横合いから、大柄な侍が立ちふさがった。剣一郎は正眼に構えた。

敵が上段から踏み込んで来たので、剣一郎は腰を落とし、剣をすくい上げるように払った。悲鳴を上げて、相手が倒れた。

続けざま、脇にいた敵に斬りかかった。相手の剣を弾き、手首を斬る。

京之進たちも敢然と敵に立ち向かっている。ややもすれば、敵を追って行こうとする。

剣一郎は叫ぶ。

「駕籠から離れるな」

再び、銃声が上がった。駕籠を守っていたひとりが倒れた。

剣一郎は銃声のほうに向かって走った。刑場のほうだ。しかし、それを遮《さえぎ》るように、新手の敵が現れた。敵は伏兵を隠していたようだ。

駕籠のほうから悲鳴が上がった。また、警護の者が斬られたのだ。京之進と御小人目付が必死に敵の攻撃を防いでいる。

味方は劣勢だった。剣一郎は敵の剣をかわし、駕籠に近づこうとした。だが、敵の攻撃は執拗《しつよう》を極めた。

ひとりを倒しても、次々襲って来る。

やっと、駕籠に近づいた。御小人目付が相手の胴を斬り裂いた。が、肩で息をしはじめている。

「だいじょうぶか」

「はっ」

敵に剣を向けながら、荒い息で御小人目付が答える。

いつ、どこから銃弾が飛んで来るかもしれない。

駕籠を守りながらでは不利だった。

「青柳さま。このままではもちません」

御小人目付の男が敵に剣を構えながら、剣一郎に訴えた。

「よし、紋三郎を逃がそう」

「えっ。逃がすのですか」

「そうだ。命を奪われては元も子もない」

剣一郎は決断をした。

「わかりました」

剣一郎は唐丸駕籠に駆け寄った。

京之進が敵を防いでいる。

「紋三郎を逃がす」

「えっ」

敵が襲い掛かった。その剣を弾き返し、相手の二の腕を斬った。

「このままでは、守ることは不利だ。紋三郎を駕籠から出すのだ」

「えっ。でも」

京之進が戸惑いを見せた。

「迷っている間はない」

剣一郎は敵を防ぎながら怒鳴る。

「わかりました」

京之進が唐丸駕籠の縄を切り、紋三郎を後ろ手に結わいてある縄を斬った。

「紋三郎。己の力でここを切り抜けろ」

「青痣与力。いいのかえ。このまま逃げちまうぜ。いついつまでに名乗り出ろと言われても、俺は聞く耳をもたねえ。それでも、いいのか」

「これから、おぬしは両方から追われるのだ。逃げて得なことはない」

「でも自由なほうがいいからな」

「構わん。生きていさえすれば、また捕まえることが出来る。行け」

「そうかえ。もう、二度と捕まらねえぜ。あばよ」

紋三郎は倒れている侍の刀をとると、敵陣に斬り込んで行った。そして、敵を蹴散らしながら、大森海岸のほうに向かった。その背後に銃声が響く。

「逃がすな」

敵から声が上がった。追いかけようとする敵の前に、剣一郎は立ちふさがった。

野鳥が啼《な》いたような鋭い指笛が鳴った。すると、敵は剣を引き、踵を返した。

「青柳さま。無念でございます」

京之進が悲痛な声を出した。

「止むを得ない。また、捕まえればよい」

「はい」

剣一郎は気弱そうになる京之進を叱咤《しった》した。

「紋三郎は江戸府内に舞い戻るはずだ。このまま、逃げるような男ではない」

勝負は江戸だと、剣一郎は虚空を睨《にら》み付けた。

第四章　最後の闘い

一

江戸に戻った剣一郎は、内与力の長谷川四郎兵衛と年番方与力の宇野清左衛門に、紋三郎を逃がした顚末《てんまつ》について報告した。

苦い顔で聞いていた長谷川四郎兵衛は、とうとう癇癪《かんしゃく》を起こして、

「青柳どの。なんたる失態。こともあろうに、捕まえた罪人を解き放つなどとは。この始末、どうつけるおつもりか」

長谷川四郎兵衛のこめかみにはみみずが這《は》ったような青筋が立ち、眦《まなじり》はつり上がり、頰《ほお》が細かく痙攣《けいれん》したように震えている。

「よいか。そなたは無事に新見紋三郎を江戸まで連れて来る。その役目を負って出かけたのだ。どの面を下げて、おめおめと帰ってこられた」

日頃の鬱憤《うっぷん》を晴らすかのような辛辣《しんらつ》な言葉が剣一郎に浴びせられる。

「申し訳ございません。なれど、あのままでは紋三郎は敵の手にかかってしまったやもしれませぬ」

「言い訳は無用ぞ」

今の奉行といっしょに内与力として奉行所にやって来た長谷川四郎兵衛は何かと剣一郎を目の敵《かたき》にしている。

「青柳どのは、また捕まえればいいというが、そんなに生易しいものではないはずだ」

確かに、紋三郎を捕まえることは容易ではない。焼津で捕縛出来たのも、たまたま情婦のお蔦の残した手がかりから手配をし、紋三郎の虚を衝くことが出来たからだ。

長谷川四郎兵衛は、なおも執拗《しつよう》に責める。

「よいか。相手は手負いの獣だ。一文なしで野に放たれた獣は、まず最初に何をすると思うか。食い物を得、着るものを得るために、どこぞに押し入るに決まっておる。この先、何人もの犠牲者が出ることが目に見えておる」

剣一郎は返す言葉もなかった。

「もう一度、確認するが、紋三郎を逃がすように言ったのは、そこもとに間違いないのでござるな」

長谷川四郎兵衛は持っていた扇子を剣一郎に突きつけた。

「間違いありませぬ」

あの場合、他にどういう手立てがあったか。あのままであれば、紋三郎は殺されていたのだ。しかし、長谷川四郎兵衛にそのことをわかってもらうことは無理のようだ。

「いずれにしろ、紋三郎を無事に送り届けるのが私の務めでありました。その役儀を果たせなかったことを深くお詫《わ》びいたします」

剣一郎は苦境に立たされた。

「ええい、謝って済む問題ではない。新たな犠牲者が出たら何とするかときいておるのだ。いや、もう紋三郎は江戸を離れたやもしれぬ」

「いえ。紋三郎は復讐を果たすまで、江戸を離れませせぬ」

「そう断言出来るのか」

「あの男は、復讐を果たすまで町中に潜伏しているはずです。捕まえる機会は必ずきます」

「復讐を果たすというが、その証拠はどこにあるのだ。それに、誰に復讐するのだ」

「わかりませぬ。だが、御徒目付組頭の原田宗十郎どのは見当をつけておいでのようでした。迂闊《うかつ》に口に出せぬということで教えてもらえませんでしたが、こうなれば教えてくださるものと思います」

「御目付からもお奉行は、新見紋三郎の口を割らせるようにお願いされておったのだ」

若年寄の耳目となって旗本以下の侍を監視する目付は、御徒目付組頭の原田宗十郎の上役に当たる。

当然、御徒目付の今井誠次郎と御小人目付の富沢滝次郎が殺された事件の経緯についていて、原田宗十郎から目付に報告が上がっているはずなのだ。

「長谷川どの。敵は我らの想像以上の襲撃者を繰り出して来たのでござる。我らに深手を負った者が多く出た。これだけでも、襲撃の凄まじさは計《はか》り知れます。新見紋三郎の命を守るためには逃がすことも仕方なかったとおもわれますが」

それまで黙っていた宇野清左衛門が剣一郎に味方をした。

「いや。宇野どののお言葉なれど、せっかく捕えた罪人を連れてこれなかったのは事実。この責任をどうとるおつもりか」

宇野清左衛門から剣一郎に顔を戻し、長谷川四郎兵衛はここぞとばかりに責めたてた。

「責任については、紋三郎を捕らえてのちに、改めて考えます。まずは、紋三郎を捕らえることに専念したいと思います」

「よし。その言葉に二言はないな」

いきなり立ち上がり、長谷川四郎兵衛は口許に冷笑を浮かべて部屋を出て行った。

「長谷川どのにも困ったものだ」

宇野清左衛門は苦い顔をしてため息をついた。

「何かと青柳どのを目の敵にしておる。青柳どの、気にするではない。お奉行も、このたびの、そなたの措置、止むを得なかったと仰《おつしや》っておいでだ」

「なれど、お役目を果たせなかったことは事実でございます。その責任はすべて私にあります」

剣一郎は自分が責任をとらねば、京之進にも責任が及ぶかもしれないと危惧《きぐ》したのだ。

「そのような心配は、紋三郎を捕らえて後のことだ」

宇野清左衛門は身を乗り出し、

「で、どうなのだ。紋三郎は自分を殺そうとした者に仕返しをするであろうか」

「するはずです。これから原田どのに会って参ります」

誰に仕返しをしようとしているのか、それがわかれば紋三郎を待ち伏せ出来る。逸《はや》る気持ちを鎮めるように深呼吸をしてから、剣一郎は立ち上がった。

すぐに剣一郎は奉行所を出た。肌を刺すような寒い日が続いている。空には雲がたちこめ、暗く陰鬱《いんうつ》だ。

天守閣の上にも黒い雲がかかっていた。お堀端を行くと、遠く雷鳴が轟《とどろ》いた。雨になるかもしれないと思いながら、一石橋を渡り、さらに神田川を昌平橋で越えた。

湯島の町に入る。木戸番の前を通ると、焼芋の匂いが漂って来る。十二月に入って、木戸番小屋でも焼芋を売りはじめた。

四半刻（三十分）後には、本郷にある原田宗十郎の屋敷の客間にいた。

「紋三郎を連れて戻れなかったことをこのとおりお詫びいたします」

剣一郎は畳に手をついた。

「いや。こちらが考えていた以上に、敵は必死だったということだ。紋三郎を殺されなかっただけでもよかったと言うべきだろう」

すでに、箱根路で会った御小人目付の男から事情を聞いているのだ。

「あの紋三郎という男。仮に、無事に小伝馬町の牢に入れても、依頼主のことは話しはしないでしょう」

剣一郎が言うと、原田宗十郎は眉を寄せ、

「いずれにせよ、もう江戸には戻って来ないだろうな」

と、無念そうに呟《つぶや》いた。

「いえ。紋三郎は江戸にいると思います」

「江戸に？」

「はい。紋三郎は、自分を裏切った依頼主に自分の手で仕返しをしようとするはずです」

「うむ」

原田宗十郎は厳しい顔になった。

「紋三郎は依頼主を殺すために、この江戸のどこかに身をひそめていると思われます。原田さま。どうぞ、お明かしくださいませぬか。殺された御徒目付の今井さまと御小人目付の富沢さまが探索していた相手の名を。その者を見張っていれば、必ず紋三郎がやって来ましょう」

まだ、原田宗十郎は腕組みをしている。

「敵は、我ら八丁堀の囚人護送の一行を襲った連中なのです。どうか、お話しを」

「わかった。お話ししよう」

　原田宗十郎が腕組みを解いた。

「だが、あくまでも死んだふたりが探索をしていた相手ということであって、紋三郎に殺人を依頼した者かどうかわからないのだ」

「わかっております」

　原田宗十郎は重たい口を開いた。

「去年、乾物問屋『沢田屋《さわだ》』をはじめ、幾《いく》つかの豪商が越後《えちご》米を大量に買いつけておった」

「越後米を？」

「うむ。その前の年、関八州を襲った豪雨で米がとれず、おかみは越後米を大量に買いつける必要に迫られた。ところが、越後米はすでに『沢田屋』らによって買いつけられており、やむなく高い値段で米を『沢田屋』らから買いつけたのだ。ところが、『沢田屋』らが越後米を買いつけたのは、勘定方組頭の高山房次郎《たかやまふさじろう》の言いつけがあったからだという疑惑が浮上しているのだ」

「つまり、最初からの計画で、おかみには高い値段で売りつけ、その差額を不正に着服したというのですね」

「そうだ」

原田宗十郎は頷《うなず》き、

「もちろん、これだけのこと、勘定方組頭ひとりで出来るわけはなく、他にも与《くみ》した者がいるはず」

「ひょっとして勘定奉行も」

覚えず、剣一郎は声をひそめた。

「おそらく、黒幕は勘定奉行だと思われる。だから、迂闊《うかつ》な真似《まね》が出来ないのだ」

買い上げ代金を水増しし、おおよそ三千両を着服したが、その三千両のうちの二千両は勘定奉行側に渡ったと思われる。

仮に、奉行所が『沢田屋』の不正を糾弾しようとしても、勘定奉行が背後にいるなら追及は難しかったはずだ。

原田宗十郎がなかなか口を開かなかったのは、相手が大物すぎたせいだった。

紋三郎に殺しの依頼をしたのは、勘定方組頭の高山房次郎の可能性もある。

「新見紋三郎と高山房次郎を結びつけたのは、村木新五郎に違いありませぬ。この村木の証言では証拠にはなりませんか」

現在、村木新五郎は牢屋敷の揚り屋に入れられている。

「いや、村木新五郎の証言では弱い。とぼけられたらおしまいだ。それに、実際に殺しを依頼するとき、村木新五郎が立ち会っていたとは思えない」

「仰せのとおりです」

勘定方組頭の高山房次郎の犯行を暴くには、やはり紋三郎の証言しかないのだと改めて思った。

「紋三郎は高山房次郎を狙《ねら》うに違いありません。高山房次郎どののお屋敷はどこでしょうか」

「市ヶ谷だ」

由蔵が市ヶ谷で、つけた侍を見失ったことを平四郎に語っていたのだ。やはり、高山房次郎が殺しの依頼主に間違いないと思った。

「青柳どの。今井と富沢の仇をとってやりたい。頼みましたぞ」

「はっ」

剣一郎は原田宗十郎の屋敷を辞去した。

翌日、剣一郎は小伝馬町の牢屋敷に行き、鍵役同心の田原次郎兵衛《たはらじろべえ》を訪ねた。

以前にも、吟味方与力の橋尾左門《はしおさもん》の紹介で、田原次郎兵衛に便宜を計ってもらったことがあった。

「また、ご無理なお願いをして申し訳ありませぬ」

「いえ。私の裁量で何とかなりますから」

黒の羽織を着た丸顔の田原次郎兵衛が言った。

牢屋敷には、一般の者の入る大牢、無宿人の入る二間牢、さらに身分のある者や旗本などの入る揚り座敷と、それより身分の低い者や下級の御家人などが入る揚り屋がある。

今、御家人の村木新五郎は揚り屋に入っている。

前回、入牢者と面会したときのように、病気治療という名目で、同心長屋の端にある牢医者の診察所に村木新五郎が連れて来られた。

村木新五郎は月代《さかやき》も伸び、無精髭が青白い顔を汚らしくしていた。

「取調べにも、あまり喋らないようだな」

吟味方与力の取調べでお京殺しは認めたが、無礼討ちにしただけだと言い逃れている。ましてや、新見紋三郎とのことは黙して語らなかった。

村木は不貞腐《ふてくさ》れたように顔を横に向けている。

「新見紋三郎は江戸に護送される途中、何者かに襲われた。襲った連中は紋三郎を殺そうとした」

　村木新五郎の表情が動いた。

「このままでは殺されると思い、解き放った。紋三郎はそのまま逃げた。紋三郎が江戸で身を寄せる場所を知らないか」

「知らん」

「自分を殺そうとした人間に復讐をするつもりなのだ。紋三郎が狙う相手は、勘定方組頭の高山房次郎。そうだな」

「知らぬ。俺の前では、御徒衆の江崎《えざき》某と名乗ったのだ。俺は、そのつもりで、紋三郎に会わした」

「だが、紋三郎は嘘を見抜いていたのだ」

　御徒衆の江崎某が、なぜ、御小人目付の富沢滝次郎を殺さねばならないか。そのことから、江崎の素性に疑問を感じて由蔵に調べさせたのだろう。

「よいか。高山房次郎は紋三郎を殺そうとしたのだ。しかし、黒幕は別にいる。その黒幕をやっつけない限り、復讐したことにならない。いくら、紋三郎が高山を殺しても、黒幕は痛くも痒《かゆ》くもないのだ」

「そんなこと、俺には関係ない」

「おぬしと新見紋三郎は昔からの知り合いだ」

「紋三郎は一年前、ふいに俺の屋敷に現れた。すっかり痩《や》せて、誰だかわからなかった。絵師の姿をしていたが、やがて、奴は殺し屋稼業をしていると打ち明けた」

「おぬしと再会する前から殺しを請け負っていたというのか」

「そうだ。大坂で、さんざん仕事をしてきたらしい。少し、ほとぼりを冷ますために、江戸に舞い戻ったのだ。奴の体からはひとの血の匂いがする。俺だって、あいつが恐ろしかった。あいつは人間の皮をかぶった獣だ」

「獣か。しかし、おぬしが依頼主を探したのだろう」

「違う。俺が探したのは、江崎某という侍だけだ。ほとんど、奴が自分で見つけて来る。絵師だと称して、あちこちに出入りをして、そこで依頼主を見つけるのだ。そういう嗅覚《きゅうかく》は鋭いのだ」

剣一郎は最後に、もう一度きいた。

「江戸で、紋三郎が頼れる相手について何か思い出さないか」

「ない。ただ」

村木新五郎が目を細めた。

「何か」

「ひょっとしたら、鋳掛《いか》け屋の久助《きゅうすけ》のところかもしれないな」

「鋳掛け屋の久助とは何者だ？」

村木新五郎ははっとしたように口を押さえた。

「いや、なんでもない」

「教えてくれ」

村木新五郎は顔をしかめた。失言を悔《く》いているのか。

「なんでもない。俺の勘違いだ」

村木新五郎は二度と口を開こうとしなかった。

剣一郎は、鋳掛け屋の久助の名を心に留めた。


その夜、剣一郎は、植村京之進を屋敷に呼び寄せた。

「こんな時間になって、申し訳ありません」

「いや、忙しいのだから、気にするな」

京之進がやって来たのは五つ半（九時）をまわっていた。屋敷に帰り、言づけを聞いて飛んで来たのだ。

「殺された目付は、越後米不正買いつけの件で、勘定方組頭の高山房次郎の周辺を探っていたらしい」

「越後米不正買いつけ？」

「うむ。去年、高山房次郎は幾つかの豪商に越後米の大量の買いつけを命じたようだ。その米を公儀が高い値で買いつけた」

「それで、紋三郎を使ってふたりの目付を殺したというのですね」

「そうだ。おそらく殺された目付は重要な証拠を摑《つか》んだか、摑みかけていたのだ」

「それだけで殺すなんて」

「ただ、この不正は勘定方組頭の一存で出来ることではない。勘定奉行が背後にいると思われる」

「勘定奉行が絡《から》んでいるとなると、迂闊に手が出せませんね」

京之進が臆《おく》したように言う。よほどの決定的な証拠がない限り、追及は難しい。

「そうだ。だから、紋三郎の証言が重要になって来る。紋三郎に殺しの依頼をしたのは、高山房次郎であろう。その証言を得れば、原田どのは高山房次郎を取り調べるつもりだ。だが、紋三郎は高山に仕返しをするつもりだ」

「わかりました。高山房次郎の屋敷の周辺を張り込んでいれば、いつか紋三郎が現れるはずですね」

「そうだ。なんとしてでも、紋三郎を捕まえなければならぬ」

「はっ。さっそく手配を」

「頼んだ。それから、情婦のお蔦はどうした？」

「まだ焼津にいるそうです」

捕らえたわけではないので、自らの意志で焼津に留まっているものと思われる。

「ひょっとして、いつか紋三郎がやって来るのを待っているのかもしれんな」

「そうかもしれません。監視を怠らぬように頼んであります」

「うむ」

剣一郎は、それまで、村木新五郎が口をすべらせた、鋳掛け屋の久助のことを京之進に話すつもりでいた。

だが、今は喉元で抑えた。

京之進と話していて、剣一郎は突如ひらめいたのだ。鋳掛け屋の久助は、紋三郎に殺人を依頼したのだと。

だが、それを京之進に言うのが、なぜかためらわれた。

お不動の六蔵にきいたら、久助のことがわかるかもしれないと思い、剣一郎は再び、深川冬木町に向かった。

二

風烈廻りの見廻りを終えて、奉行所に戻る途中、平四郎は一行と離れて、永代橋を渡って今川町にやって来た。

陽射しはあってもひしひしと寒さが全身を包み込んでいる。大川の水も、木々も、また町の風景もすべて、まるで凍りついてしまっているような錯覚を覚えた。

途中、何度も手に息を吹き掛け、平四郎は『佐久屋』の前にやって来た。

小間物屋の看板は出ているものの、雨戸は閉まっている。

平四郎は裏口から中に入った。小さな庭に面した座敷に、由蔵が寝ていた。

「あっ、平四郎さま」

由蔵は起き上がろうとした。

「由蔵。無理するな」

「へえ、もうほとんど痛みはありませぬ。このとおり」

起き上がった瞬間、痛みが走ったのか、由蔵は顔をしかめた。

「いいから横になっていろ」

「へい。すみません」

「ひとりか」

「おふたりはお京の墓参りです」

お京の両親のことだ。お京の亡骸は近くの寺に埋葬されている。お京の二親は毎日のように墓に行っているらしい。

「おみねは？」

「医者のところまで薬をもらいに行ってます」

「あの女、よくやってくれる」

おまえに惚《ほ》れているようだな、という言葉を喉元で抑えた。

「その後、いかがですかえ。国重、いえ、新見紋三郎は？」

由蔵がきいた。

紋三郎が鈴ヶ森から姿を晦《くら》まして十日経った。

「まだだ」

「そうですかえ」

無一文の紋三郎だ。金を得るために、盗みを働いている可能性もある。だが、紋三郎の仕業《しわざ》らしい事件は報告されていなかった。

奉行所内には、紋三郎は襲撃されたときに受けた傷がもとで死んだのではないかとか、あるいは、あのあと再び襲撃されて殺されたのではないかと言う者もいる。

しかし、紋三郎は虎視眈々《こしたんたん》と復讐の時機を待っているのだ。

初めてかまいたちと相対したときのことを思い出し、平四郎はこの手で紋三郎を捕《と》えたいと思った。だが、定町廻りでない自分に何が出来るか、そのことを考えると口惜《くや》しい思いがした。

「それより、元気になったら、一度屋敷のほうに遊びにこないか。父も会いたがっている。今度のことでは、ずいぶん心配していた」

「もったいねえことです」

ただいまという元気な声がし、おみねが帰って来た。

「平四郎さま」

おみねが会釈をした。

「おみね。ごくろうだな」

「由蔵さん、だいぶよくなったんですよ」

おみねが、一瞬だけ虚《うつ》ろな表情をしたのに平四郎は気づいた。

「おみね。何かあったのか」

厠《かわや》に立った帰り、台所にいたおみねに平四郎は声をひそめてきいた。

「えっ、何がですか」

「さっき、何か思い悩んでいるような表情をした。何かあったのかと思うではないか」

「そうでしたかしら、自分では気づきませんでしたけど」

おみねは平四郎と視線が合うと、わざと笑顔を作って、

「平四郎さま。今夜は夕飯をごいっしょにいかがですか」

と、誘った。

「いや。そうもしておられんのだ。少し様子を見に来ただけだ」

部屋に戻ると、

「平四郎さま、もういつまでもこちらで厄介《やっかい》になっているわけにもいきません。そろそろ長屋に引き上げようかと思っております」

と、由蔵が言う。

「まだ、無理ではないのか」

「ですが、お京の両親も、やっと帰って来たお京と暮らしたいでしょうから」

ふたりは墓から帰って来れば、あとはずっと仏壇の前に座り、お京の位牌にいつも

何かを語りかけているという。

「お京がいなくなった今となっては、あっしもここにいる理由はありません。それに、もう働かないと金がありません」

由蔵は苦笑した。

「そのことは、お京の両親とじっくり話し合ったほうがいいかもしれんぞ」

平四郎はそう言った。

誰か来たのか、表で声がする。

出て行ったおみねが戻って来た。

「与之助さんが」

「なに、与之助だと」

平四郎が出て行くと、店先に与之助が立っていた。

「与之助。なにしに来たのだ？」

「あっ」

与之助は飛び上がりそうになった。

「お京の親から小遣いをせびろうとして来たのだな」

「違う。そうじゃねえ」

「いいか、与之助。お京が死んだのはおまえのせいだ。おまえのためにお京の人生が狂ってしまった」

「それは俺だって同じだ。お京と知り合ったばかりに勘当されるような身になっちまったんだ」

与之助はやりきれないように言う。

「もう、ここはおまえの来るところではない。帰れ」

「お京に線香でも上げてやりてえと思って」

「おまえにもそんな殊勝な気持ちがあるのか。だが、本気で言っているのか。それよりも金目当てであったら容赦はしないぞ」

そこに、おみねがやって来た。

「由蔵さんが、お線香を上げてもらってくれと」

おみねが平四郎に言う。

「由蔵が言うなら仕方ない。さあ、上がれ」

「へい」

与之助は素直に座敷に上がった。

奥の仏間に、与之助は入った。

「お京。すまなかった。俺がばかだった。許してくれ」

お京の位牌の前で、与之助が泣き出した。嘘ではないと思った。

しばらくして、与之助は引き上げた。

平四郎はいっしょに外に出た。

「与之助。これからどうするのだ？」

「へえ。お京に死なれて、目が覚めました。まっとうに働いて、おとっつあんに勘当を解いてもらえるよう頑張るつもりです」

「そうか。そうしろ。お京も、喜ぶだろう」

「へい」

油堀にかかる上ノ橋の袂《たもと》で、渡って行く与之助と別れ、平四郎は橋を永代橋のほうに向かった。

奉行所に戻ったが、相変わらず重たい空気がたちこめていた。

新見紋三郎の行方が摑めないことに、誰もが焦燥感を募らせているのだ。特に、内与力の長谷川四郎兵衛の八つ当たりぎみの甲高《かんだか》い声が轟く。

平四郎も探索に加わりたかった。早く定町廻りに昇進し、思う存分働いてみたい。

平四郎はそう思った。

三

剣一郎は文七の案内で、本所三笠《みかさ》町一丁目にやって来た。

「あの長屋の奥から二番目に、久助が住んでおります」

文七が言う。

「久助が、伊勢の常八の子分だったのは間違いないのだな」

「間違いありません。ただ、常八との間に何があったのか、そこまでは誰も知りません」

「よし。会ってこよう」

長屋の木戸には、鍋と釜の絵が貼ってある。そこに久助の名があった。長屋の住人の名がぺたぺたと貼ってあるのだ。

鋳掛け屋は、ふいごや火炉、水入れなどの道具を天秤棒で担いで行商し、鍋釜の穴の修理をする仕事だ。

路地を入って行く。突き当たりに井戸が見えた。

奥から二番目の家の腰高障子に、さっきと同じ、鍋と釜の絵が貼ってあった。

剣一郎は障子を開けた。

片膝立てで、小槌を持って鍋を直していた白髪混じりの男が顔を上げた。皺《しわ》くちゃの顔に鋭い目があった。

「久助か」

「そうだ。おまえさんは？」

「私は八丁堀与力、青柳剣一郎だ」

「青痣与力か」

目線を手元に戻し、久助は再び小槌で鍋の底を叩きはじめた。

「ききたいことがある」

「なんでえ」

「新見紋三郎はどこにいる？」

再び、久助は鋭い目を向けた。

「誰のことでえ」

「とぼけても無駄だ。紋三郎がおまえを頼って来たはずだ」

「おもしろいことを言うじゃねえか。どうして、あっしがそんな男を匿《かくま》わなくちゃならねえんだ」

「俺に言わせるつもりか」

　こういう相手には、強気に出たほうがよいことを、剣一郎は知っていた。

「伊勢の常八のことだ」

　久助の顔が強張《こわば》った。

「どうだ、思い出したか」

「知らねえ」

　久助はしらじらしく顔を横に向けた。

「伊勢の常八は新見紋三郎に殺された」

「知らねえったら知らねえ」

「伊勢の常八をどうして殺《や》らなければならなかったのだ？」

　突然、鍋を放り出して、久助が立ち上がった。

　そして、瓶《かめ》の傍に行き、杓で水を乱暴にすくい、喉を鳴らして水を呑んだ。

　明らかに、動揺が見て取れる。

「久助。おぬしは回向院《えこういん》の辰《たつ》の手下だったそうだな」

　回向院の辰は、本所界隈を縄張りとする地回りの親分だった。その手下に伊勢の常八や久助がいたのだ。

だが、三年前、回向院の辰が酒に酔い、大横川にはまって死んだ。その跡を継いだのが伊勢の常八だった。

伊勢の常八は跡を継ぐと、賭場を何カ所かに開き、勢力を伸ばしていったのだ。

「おまえは、伊勢の常八が跡目を継いだのを潮に、堅気《かたぎ》になったってことだが、それに間違いはないか」

「旦那。お調べですかえ」

「いや。おまえが忘れていることを思い出させてやろうとしているのだ」

杓を置き、久助は部屋に上がった。煙草盆を引き寄せ、煙管をくわえた。

「久助。おれは、おまえが絵師の国重こと新見紋三郎に常八殺しを依頼し、親分の仕返しをしたかどうかということに興味はない。おまえのことを他の誰にも言ってはいないし、言うつもりはない。それに、証拠はない。ただ、紋三郎のことを知りたいだけだ」

目を細め、久助は煙を吐いた。

「紋三郎は自分を裏切った者に復讐をしようとしている。その前に、紋三郎を捕まえたいのだ」

「さすが、青痣与力だ」

口許を歪め、久助は煙管の雁首を剣一郎に向けた。

「お察しのとおりだ。常八が、親分を殺したんだ。以前から、常八は親分のやり方に批判的だった。親分はあっしに、常八は信用出来ねえ、と言っていた。親分が死んだと聞いたとき、あっしはまっさきに親分の隠し金を探したのだ。常八にとられたくなかったからだ。百両以上あった」

久助は恨みの籠《こ》もった目を向け、

「常八の野郎、いけしゃあしゃあと親分の弔《とむら》いを仕切りやがった。もう、跡を継ぐ気でいやがった。あっしは常八に使われるのがいやだった。だから、歳を理由に隠居をしたんだ。あっしはもともと鋳掛け屋の伜だった。昔とった杵柄で、こんなことをやりはじめたのさ」

久助はいっきに喋った。

「手にした金は使わなかったのか」

「親分の金だ。滅多なことじゃ使えねえ」

「紋三郎のことはどうして知ったのだ？」

「昔の仲間に手慰みに誘われて、村木新五郎って侍の屋敷に行ったんだ。そこで、殺し屋の話を耳にした。凄腕の殺し屋がいるとね。村木新五郎に百両の金を見せたら絵師の国重って男に引き合わせてくれた」

「村木新五郎の屋敷で、だな」

「そうだ。国重から、どういう事情で殺すのかってきかれたから正直に話した。驚くじゃねえか。三日後に、常八は死んだ」

久助は恐ろしそうに身を竦《すく》めた。

「国重が捕まったって聞いたが、信じられなかった。奴がお縄になる姿がまったく思い浮かばなかったからな」

「国重の口から依頼人の名前が出るとは思わなかったか」

「奴はそんな人間じゃねえ。悪人だが、そういう信義は弁《わきま》えている男だ。どんな拷問に遭っても、べらべら喋るような男じゃねえ」

久助の言うとおりだ。しかし、勘定方組頭の高山房次郎の名前を出し、越後米不正買いつけの件を話せば、奴だってわかってくれるはずだ。剣一郎はそこに賭けている。

「国重は鈴ヶ森で逃げた。ここに来たんじゃないのか」

久助は口をつぐんだ。

「来たんだな?」

「別に匿ったわけじゃねえ」

「奴は勘定方組頭の高山房次郎を殺るつもりだ」

「そうさ。奴は信義は守るが、自分を裏切った人間は絶対に許さねえからな」

「奴は何しに、おまえのところに来たんだ。何を頼んだのだ？」

「言えねえ。たとえ、お縄につくことになろうが、殺されようが、あっしは言わねえよ。奴が依頼人の名を言わねえようにな」

久助は頑固そうな口を固く結んだ。

越後米不正買いつけの話をしても、久助には無駄だ。剣一郎は諦めざるを得なかった。

「久助。邪魔したな」

剣一郎は土間を出たが、ふと思いついたことがあって、踵《きびす》を返した。

「商売で、どの辺りをまわっているのだ？」

「本所、深川、たまには永代橋を渡ることもある。それがどうした？」

久助が怯《おび》えた目できいた。

「本所、深川一帯はおまえの庭のようなものだ。そうだな」

「まあな」

「どこに誰の別邸があるかも知っているのだろう」

「何が言いてえ」

久助の目は一瞬、宙を泳いだ。

「紋三郎、いや国重は、どこかの別邸の場所をききに来たのではなかったのか」

「知らねえ。知らねえよ。帰ってくれ。もう帰ってくれ」

久助は明らかに動揺を見せた。

紋三郎が久助を頼る理由を思いついたのだ。久助が紋三郎を匿っているという形跡はない。だとすれば、紋三郎は久助に何かを確かめに来たのではないか。

「じゃあ、俺にもう一つ教えてくれないか。乾物問屋『沢田屋』の別邸はどこにある？」

久助が目の玉を飛び出さんばかりにして剣一郎を見つめていた。

「どうした？」

「いや。そこまでは知らねえ」

「隅々まで歩き回っているのではないか」

「そりゃそうだが」

なぜ、久助がこれほどうろたえているのか。紋三郎が何を確かめたかはすでに一目瞭然だった。

高山房次郎が登城する経路にも町方を配置してあるが、きょうまで紋三郎は現れなかった。

高山房次郎も警戒しており、護衛の者をつけているという。紋三郎は近づけないのだろうか。

しかし、紋三郎はそんなことで躊躇《ちゅうちょ》はしない。剣一郎はそう思った。

四

乾物問屋『沢田屋』の別邸は深川入船《いりふね》町にある。目の前が洲崎《すさき》海岸で、海が開けて、見晴らしのいい場所だ。

だが、海の上の空は雲が黒く垂れ込め、寒々とした風景が広がっている。

『沢田屋』の主人はここに客を招き、仲町の芸者を呼んで接待するという。

編笠を上げ、剣一郎は広大な敷地を持つ『沢田屋』の別邸を眺めた。板塀の内側に、見事な松の樹が見える。

紋三郎が、『沢田屋』の別邸の場所を知るためだけに久助に接触したとは思えない。

久助に何かを手伝わせようとしたのだ。そうとしか思えない。

いったい何を手伝わせようとしたのか。

ここには勘定方組頭の高山房次郎も招かれたことがあるかもしれない。いや、ここで、越後米買いつけの相談をしたのかもしれない。

剣一郎はその場を離れ、永代寺《えいたい》の前を通り、一の鳥居を潜《くぐ》り、黒江《くろえ》町から相川《あいかわ》町を通って永代橋の袂《たもと》に出た。

針で身を刺すような冷たい風が大川から吹きつけた。夏の間、あれほど船で賑わった川だが、今は一艘の屋形船が浮かんでいるだけだった。

どこかの金持ちが風流を気取って船を繰り出しているのだろう。橋を渡ると、三味線の音が聞こえてきた。

永代橋を渡るひとも寒さから身を守るように、皆背を丸めている。そんな中に、棒《ぼ》手《て》振《ふ》りの若者が威勢よく駆けて行った。

剣一郎は行徳《ぎょうとく》河岸にやって来た。乾物問屋『沢田屋』の大きな屋根看板が見える。

目の前の堀の船着場に荷を積んだ船が係留してあった。

船から荷を土蔵に運び入れる一方で、店の前に横付けされた大八車に荷が積まれていく。大勢の人足たちの掛け声で活気があった。

勘定奉行と深くつながりのある『沢田屋』に迂闊には近づけない。

久助の反応から、紋三郎は『沢田屋』に目をつけたことがわかる。おそらく、高山房次郎が『沢田屋』の別邸にやって来たときに襲う計画ではないかと思われる。

それがいつかわからない。紋三郎はいつやって来るかもしれない高山房次郎を待つつもりなのか。

いや、紋三郎がそんなあやふやな計画を立てるとは思えない。いつ来るか待つのではなく、来させればいいのだ。

つまり、沢田屋が高山房次郎を別邸に招くように仕向ければいい。それにはどうするか。剣一郎はある想像を働かせた。

沢田屋を脅迫し、高山房次郎を誘《おび》き出すことだ。

何か、沢田屋の弱みを握る。紋三郎はすでにそうしたのかもしれない。その手伝いを、久助にさせたとも考えられる。

沢田屋の弱みとは何か。久助が出来ることとは何か。

店先に現れた男に気づいて、剣一郎は編笠で顔を隠した。四十半ばぐらいの恰幅《かっぷく》のよい男だ。沢田屋だ。

浅黒い顔は精悍《せいかん》そうだ。眉が濃く、鼻も大きい。いかにも遣り手という印象がする。

番頭らしき男に何事か囁《ささや》き、沢田屋は鎧《よろい》河岸のほうに向かった。剣一郎はあとをつけた。沢田屋は途中で小走りになった。

小網《こあみ》町三丁目、二丁目と過ぎ、葭《よし》町のほうに足を向けた。

沢田屋がやって来たのは、葭町の外れにある小粋な黒板塀の二階家だった。いかにも妾宅という感じの造りの家だ。

沢田屋は格子戸を開けて中に消えて行った。

どうやら、沢田屋の妾《めかけ》の家のようだと思った。しかし、なぜ、あわただしく沢田屋は入って行ったのだろうか。

剣一郎は斜め前にある荒物屋に入った。奥から、小柄な四十年配の男が出て来た。この店の亭主のようだ。

「あっ、青柳さまで」

剣一郎の顔を知っていたのか、頬の青痣で気がついたのかわからない。

「あの家には誰が住んでいるのか」

剣一郎はきいた。

「お吉《きち》さんです。元葭町の芸者でした」

「お吉か」

そう呟いたとき、沢田屋が難しそうな顔で出て来た。

剣一郎は荒物屋の店の陰に身を隠して、沢田屋があわただしく通り過ぎるのを見送った。何か、あったに違いない。

「今の男は？」

「お吉さんの旦那じゃありませんか。ときたま夜見かけます。こんな昼間に来るのは珍しいことですぜ」

ふと剣一郎は思いついて、

「すまないが、ご亭主、お吉さんに会って来てくれまいか」

「へえ。会ってどうしたらいいんでえ」

「そうだな。ここに呼んでもらおうか」

「ここへですか。でも、何と言って呼べば？」

「お吉の知り合いが来ていると言えばよい」

「わかりました。では、さっそく」

亭主がすぐに妾の家に向かった。

亭主が格子戸の中に消え、しばらくして出て来た。

「お吉さんは留守で、住込みの婆さんがいるだけでした。婆さんの話では、一昨日からお吉さんは親戚の家に出かけているということです」

「いないのか」

剣一郎は顎に手をやった。

「どうもお役に立てませんで」

「いや。助かった」

お吉の姿が見えず、沢田屋があわてて飛んで来た。親戚の家に行っているのなら、沢田屋はもっと落ち着いているはずだ。お吉の身に何かがあったとしか思えない。

(そうか。これだ)

剣一郎は、お吉の身に何があったのか想像がついた。

「最近、この付近に鋳掛け屋がやって来なかったか」

「へえ、そう言えば、何度か見かけました。年寄りでしたが」

やはり、そうだ。久助がこの界隈に現れたのは、お吉の家が目的だったのだ。

荒物屋を出てから、剣一郎はお吉の家に向かった。

格子戸を開けると、奥から丸っこい顔の老婆が出て来た。

「なんでございましょうか」

「八丁堀与力の青柳剣一郎と申す。お吉はどうした？」

「それが、一昨日から親戚の家に出かけております」

「親戚の家はどこだ？」

「いえ、私は知りません」

「さっき、沢田屋がやって来たな。なにしに来たのだ？」

「は、はい」

老婆は困惑している。

「お吉が行方不明になっているのではないのか」

老婆は小さくなって、

「はい。そのとおりでございます」

「沢田屋がやって来たのは、お吉がいなくなったのを確かめに来たのではないのか」

「さようでございます。お吉がいなくなったのはほんとうかと飛んで来たのです」

沢田屋は紋三郎から手紙を受け取ったのだ。それで、昼間にも拘《かか》わらず、確かめに来たのだ。

「沢田屋は何か言っていたか」

「心配するなとだけ」

紋三郎は、お吉を人質にとって、高山房次郎を洲崎の別邸に誘き出すつもりなのだ。

紋三郎はどこかに隠れ家を設け、そこにお吉を連れ込んでいるのだ。久助はその場所を知っているはずだ。だが、久助は絶対に口を割らないだろう。

それより、ここはこのまま見過ごし、高山房次郎が『沢田屋』の別邸に現れるのを待つのが得策だ。

そこに、必ず紋三郎がやって来る。

ただ、心配なのはお吉の命だ。紋三郎はひとの命をなんとも思わない男だけに、面倒な人質を始末しても生きているように装って沢田屋を動かすかもしれない。

紋三郎を捕まえることはもちろん、お吉も救わねばならない。

剣一郎は手配のために奉行所に戻った。

五

岡っ引きの浅吉が、十二月十日の夜に、『沢田屋』の別邸に芸者が三人呼ばれていることを聞き出してきた。

十日は明後日である。

夕方、剣一郎はいったん屋敷に戻ってから浪人姿に身を変え、編笠をかぶって出かけた。

向かったのは本所三笠町一丁目の久助の家だ。

長屋の木戸の所に、文七が立っていた。

剣一郎の姿を認め、文七は南割下水までついて来た。

堀沿いの道を歩みながら、

「久助に変わったところはなかったか」

と、剣一郎はきいた。

「はい、ありませぬ。おそらく、尾行がついていることを知っているのかもしれません」

「そうか。こっちの動きは紋三郎に見抜かれているということか」

つまり、剣一郎が久助の前に現れることを、紋三郎は予想していたということだ。

だが、久助と紋三郎はどこかで接触している。いったい、どこで……。

「久助は何らかの形で紋三郎と会っているはずだ。久助に近づいた者はいないか」

「いえ。あっしがつけまわっているときには久助に不審な動きはありませんでした」

「久助と紋三郎はどうやってやりとりをしているのか」

剣一郎は疑問に思った。

別に仲間がいるのか。いや、紋三郎に仲間がいるとは思えない。基本的には、紋三郎はひとりで動いているはずだ。

ただ、久助の手を借りなければならないことがあるはずだ。お吉の見張りが必要だ。お吉の食事の世話もある。

それがないのは、やはりお吉は殺されている可能性がある。

「そう言えば」

ふと、文七が足を止めた。

「何か思い出したのか」

「へい。久助は握り飯を持って、歩き回っていやす。で、昼になるといつも、海辺大《うみべだい》工《く》町の稲荷社の境内に入って握り飯を食べます。そのあと、握り飯を包んでいた経木をごみ箱に捨ててました。一度、ごみ箱を漁《あさ》っていたこともあります。ひょっとして」

「それだ。そこの稲荷を利用しての手紙のやりとりだ」

「そうだったのか」

文七は舌打ちした。

「申し訳ありません。気がつきませんで」

「なあに、気づいたところで仕方ない。おそらく、紋三郎はその神社のどこかに隠れていたのだ。もし、そなたがごみ箱を漁ったら、紋三郎に気づかれたに違いない。久助と紋三郎が連絡を取り合っていることがわかっただけでいいのだ」

へたにこっちの動きを悟られたら、紋三郎は計画を中止するかもしれない。

勝負は十日、『沢田屋』の別邸だと、剣一郎は思った。


十日になった。ときおり、小雪の舞う天候だった。

町方は扮装して、『沢田屋』の別邸を遠巻きに取り囲んだ。ある者は洲崎海岸の松林の中、ある者は材木置き場、またある者は堀に浮かべた船の中に待機した。

隠密廻り同心の作田新兵衛は乞食の格好で門の前を通る。紋三郎がどこから侵入しようが、すべてわかるように配置してある。

剣一郎は、入口の見通せる商家の路地に身を隠した。

夕方になって、一丁の駕籠が『沢田屋』の別邸にやって来た。駕籠には警護の侍が五人もいた。

剣一郎はその侍の中に、箱根路と鈴ヶ森で襲って来た侍に背格好の似た者がいるのを見つけた。確たる証拠はないが、まず間違いないように思えた。

それから四半刻（三十分）後に、芸者が三人、別邸に消えた。

「紋三郎は何か策を練っているのではないでしょうか」

京之進がきいた。

「いや。紋三郎は奇をてらったりしないであろう。待ち伏せて帰りを襲うにしても、警護の者もいる。やはり、屋敷の中だ」

八幡の鐘が暮六つ（六時）の刻《とき》を告げている。

まだ、怪しい人影を見たという知らせはどこからもなかった。

さらに刻が過ぎ、五つ（八時）になろうとしている。

「もしや」

剣一郎は眉を寄せた。

「紋三郎はすでに別邸内にもぐり込んでいる可能性がある」

「いかがいたしましょうか」

「待つしかあるまい」

賑やかな声が聞こえてきた。どうやら、芸者が先に引き上げるようだ。だが、芸者はふたり。来たのは三人だ。ひとりは残って、高山房次郎の相手をするのかもしれない。

「紋三郎が狙うとすれば、この機会だ」

剣一郎は身を引き締めた。

芸者とふたりで寝間に入る。そこに押し入れば、油断している相手はひとたまりもないだろう。

だが、その部屋まで近づけるか。

突然、悲鳴らしき声が聞こえた。しばらくして、奉公人らしき男が門から飛び出して来た。

剣一郎は飛び出した。

「どうした？　我らは八丁堀だ」

あっと声を上げ、奉公人は震え出した。

「どこへ行くのだ？」

「は、はい」

奉公人は言いよどんでいる。

「何があったのだ」

「は、はい。お侍さまが殺されました。お屋敷にお知らせするように旦那さまに命じられました」

「よい。我らが知らせる。案内せよ」

「は、はい」

奉公人は引き返した。

剣一郎たちは門に駆け込み、贅《ぜい》を尽くした玄関を上がり、磨き込まれた廊下を進む。

「旦那さま」

奉公人が叫ぶ。

沢田屋が出て来た。

「あなた方は」

ずかずかと入り込んで来た剣一郎たちに、沢田屋は咎《とが》めるような眼差しを向けた。

「八丁堀だ」

沢田屋を押し退け、奥の部屋に向かった。

行灯の灯にふとんの上で倒れている男が浮かび上がっていた。武士だ。心の臓を一突きにされて絶命していた。部屋の隅で、襦袢姿の芸者が震えている。

「沢田屋。この者は高山房次郎どのだな」

「は、はい」

「警護の侍がいたはずだ」

不思議なのは、警護の侍の声が聞こえないことだ。

そのとき玄関のほうで騒ぎ声がした。

しばらくして作田新兵衛と岡っ引きの浅吉が駆けつけた。

「今の騒ぎは？」

「侍が、高山房次郎の屋敷に知らせに行くと言って飛んで行きました」

「ひとりか」

「そうです」

剣一郎ははっと気づいて、

「他の警護の侍を探すんだ」

と、命じた。

すぐに京之進の声がした。

そこに行くと、隣の部屋の暗がりの中で、袴姿の武士が心の臓を一突きにされて死んでいた。

「庭にも死体が」

作田新兵衛が飛んで来た。

剣一郎は庭に飛び出た。

池の傍で、侍が倒れていた。やはり、心の臓を一突きだ。

「こっちもありました」

浅吉の叫び声が聞こえた。

勝手口の近くで、やはり侍が心の臓を一突きにされて息絶えていた。

凄まじい腕だ。警護の者がことごとく殺されている。紋三郎はまだ屋敷内にいるのか。

剣一郎に不安が萌《きざ》した。さっき出て行った侍がいたのだ。

（まさか）

そう思ったとき、京之進が縁の下に隠されていた襦袢姿の侍の死体を発見した。

「しまった。紋三郎に逃げられた」

またしても、失態を繰り返した、と剣一郎は忸怩《じくじ》たる思いにかられた。

庭に死体が並べられた。皆侍だ。全部で五人。

「紋三郎は庭で警護をしている者をひとりずつ襲ったのだ。最初に襲った侍の衣服を剝《は》がして、仲間になりすまして油断をついて殺して行ったのだろう」

「まさか、紋三郎が侍の姿になっていたとは」

玄関で、紋三郎と遭遇した作田新兵衛と浅吉は顔をしかめて悔しがった。

そうか。紋三郎は警護の者も全部殺したいために、わざと登城のときを襲わなかったのだ。あそこではひとりずつ殺していくというわけにはいかない。

紋三郎。剣一郎は覚えず、虚空に紋三郎の顔を描いて睨み付けた。


その夜遅く、勘定奉行の命を受け、勘定方組頭の高山房次郎の支配下にある勘定衆の武士が『沢田屋』の別邸にやって来た。そして、配下の者が殺された侍たちを強引に運びさって行った。

静かになった別邸で、沢田屋が茫然としていた。

「沢田屋。正直に答えるのだ」

剣一郎は厳しい口調で沢田屋に問いかけた。

「きょう、高山房次郎を招いたのは何者かの指示があったから。そうであろう」

「いえ。ただ、高山さまと一献差し向けたかったからでございます」

「そなたの妾、お吉が何者かにかどわかされた。そのことで、脅迫を受け、今回の招きとなったのではないのか」

「はて。なんでございましょうや。お吉のことをご存じだとは驚きましたが、お吉と高山さまのことは関係ありませぬ」

「お吉はどこへ行ったのだ。家にいないようだが」

「なんでも昔の知り合いのところに二、三日厄介になってくると言うことでした」

沢田屋は平然と答える。

「そなたは、どういう事情で高山房次郎が殺されたのか、その理由を知っておろう」

「いえ、いっこうに。高山さまがどんな揉め事を抱えていたか、私はまったく知りません。ほんとうに、このようなことになって迷惑でございます」

沢田屋は不快そうに顔をしかめた。

「では、きこう。そなたと勘定方組頭の高山房次郎とはどのような関係なのだ?」

沢田屋は目を閉じた。が、膝に置いた手が落ち着かなげに動いている。

やがて、沢田屋は目を開けた。

「じつは、私の腹違いの妹が、勘定奉行の金山《かなやま》さまのお屋敷にご奉公に上がっておりました。その縁で、高山さまとお近づきになり、何度かお招きをしたことがありました。それだけのことでございます」

「ほう、そなたの妹御が勘定奉行の……」

　おそらく妾になっているのであろう。

「なるほど。それで、去年の越後米の大量買いつけを依頼されたのか」

「はて、それは違います。あれは、私が勝手に買いつけたこと」

「しかし、そなたと勘定奉行との結びつきをみたら、ふたりの企《たくら》みで買いつけたと思われても仕方あるまい」

「それは考え過ぎというものでございます。まったく事実と違うことを言われますと、迷惑に存じます」

「事実と違うと申すのか」

「はい。さようで」

　さすが、沢田屋。一筋縄でいかない。

「そなたのところも御小人目付が調べていたと思うが？」

「さあ、何のことか」

「沢田屋。とぼけても無駄だ。高山房次郎とおぬしの関係を調べていた御徒目付と御小人目付が、殺し屋の新見紋三郎に殺された。その紋三郎の口を封じようとして、高山房次郎は刺客を放った。それが失敗したために、今夜の事件と相成ったのだ」

沢田屋は虚勢を張っている。

「沢田屋。いずれ、奉行所の調べがあろう」

剣一郎は立ち上がって言った。

部屋を出て行こうとして、剣一郎は振り返った。

「お吉はいつ帰って来ることになっているのだ？」

「明日辺り、帰ると思いますが」

沢田屋は強張った顔で答えた。だが、弱みを見せないのも、勘定奉行の後ろ楯があるという自信からだろう。


翌朝、剣一郎は鋳掛け屋の久助を訪ねた。

「誰でえ、朝っぱらから」

ぶつぶつ文句を言いながら、久助が戸を開けた。

「あっ」

剣一郎の顔を見て、久助は落ち着きをなくした。

「あっしは何も知らねえぜ」

「久助。俺はおまえが伊勢の常八殺しを紋三郎に依頼したことには目を瞑《つぶ》ろうとしていたのだ。だがな、沢田屋の妾お吉の命が危ないとなれば話は別だ。定町廻りに訴えて、おまえを徹底的に取り調べる」

剣一郎は威《おど》した。

「待ってくれ」

久助はあわてた。

「あの女は無事だ。ほんとうだ」

「どこにいるんだ？」

「知らねえ」

「紋三郎の隠れ家がどこかにあるはずだ。それはどこだ？」

「ほんとうに知らねえんだ。俺はただ手紙の受け渡しをしただけだ」

「手紙の受け渡し？　誰と誰のだ？　まさか、紋三郎とお吉」

「そうだ。あのふたりは出来ているんだ」

「なんだと、いつからだ？」

「最近だ」

「最近？」

ひょっとしたら、高山房次郎から御小人目付殺しのあと、さらに御徒目付殺しを頼まれた。そのときから、紋三郎は高山房次郎と『沢田屋』の関係に気づいていたのかもしれない。

「そうか。久助、おまえはお吉が沢田屋の妾だということを以前から知っていたのだな。紋三郎にきかれて、お吉のことを教えた。そういうことだったのか」

「お吉を絵の写生に使いたいから、こっそり呼んで来てくれと頼まれた。それから、ふたりはどこかでこっそり会うようになっていたようだ」

「その場所に、紋三郎は身を隠していたのか。お吉もそこにいたというわけだな。そこはどこだ？」

「知らねえ。ただ深川にあることは間違いねえ」

紋三郎は久松町に本宅を構え、また情婦の家以外に、もう一つの隠れ家を持っていたのだ。

「何か手掛かりになることを知らないか」

「知らねえ」

「よく考えてみろ。ぽろっと何か口にしたことがあるはずだ」

剣一郎は久助の記憶を喚起させようとした。

だが、久助はしきりに小首を傾げるだけだ。

鈴ヶ森から逃げた紋三郎は、その隠れ家を拠点に動き回っていたものと思える。そこには万が一に備えて金も隠していたのかもしれない。

（待てよ）

剣一郎の頭の中が激しく回転した。『沢田屋』の別邸を襲撃場所に選んだのは、警護の者も一堂に集めて殺そうとしただけでなく、逃亡しやすいから、つまり、その近くに隠れ家があったからではないのか。

「あの女に聞いてみろよ。そろそろ家に帰る頃だ。襲撃が済んだら、すぐ帰すと言っていたぜ」

久助が追い払うように言った。

「わかった。邪魔したな。これからは地道にまっとうに生きろ」

剣一郎はそう言い残して、長屋を出た。


永代橋を渡り、行徳河岸を通るとき、『沢田屋』の看板が見えて来た。気のせいか、くすんで見える。

越後米の不正買い付け事件のことは、剣一郎にとっては当面の問題ではなかった。まず、新見紋三郎のことが第一だった。

葭町の外れにある、お吉の家に辿り着いた。

格子戸を開き、奥に向かって呼びかける。

「ごめん。誰かおらぬか」

「はい」

面長の色っぽい女がやって来た。お吉に違いないと思った。

「お吉か」

「はい。お吉でございます」

「いつ帰って来た？」

「今朝方でございます。それが何か」

「どこに行っていたのだ？」

「知り合いのところに」

目を伏せて言う。

「知り合いとは絵師国重こと新見紋三郎か」

「それはどなたさまでしょうか」

「とぼける気か」

「いえ、とぼけてはおりませぬ」

「今朝、沢田屋がやって来たな」

「はい」

「なるほど。そこで、示し合わせる話し合いがついたというわけか」

「何を仰っているのかわかりませんが」

「ゆうべ、『沢田屋』の別邸で、人殺し騒ぎがあったのを知っているか」

「今朝、旦那さまからお聞きしました」

「誰の仕業か知っているな」

「とんでもございません。私が知るわけありません」

「そうかな」

剣一郎はぐっとお吉を睨みつけ、

「そなたは、旦那に隠れて新見紋三郎と逢い引きを重ねていたようではないか」

お吉は目をつり上げ、

「何を仰るのですか」

と、怒りから声を上擦らせた。

「私は紋三郎などという男、知りませぬ」

「旦那は、そなたが紋三郎に連れ去られたと本気で思っている。ところが、そなたが自分の意志で、紋三郎の隠れ家に身をひそめていたと知ったら、どういう反応を示すか。邪魔をした。これから、沢田屋に会って来る」

「待ってくださいな」

格子戸に手をかけたところで、お吉が呼び止めた。

「正直に話すのか」

「旦那」

はじめて、お吉は不安そうな表情になった。

「心配するな。こっちの質問に正直に答えてくれたらよけいなことは言わん」

「ほんとうですか」

「その代わり、ほんとうのことを包み隠さずに言うのだ。よいな」

「はい」

お吉は観念したようになった。

「紋三郎の隠れ家はどこだ?」

「八幡橋を越えた西念寺《さいねんじ》横丁です」

「なんと、別邸からわずかな所ではないか」

別邸を抜け出た紋三郎はそこに逃げ込み、侍の衣服を脱ぎ捨てた。お吉をそこから帰したということは、もう紋三郎はそこにいないということであろう。

「紋三郎は、もうその家にはいないのであろうな」

念のために、確かめた。

「ええ、もう帰って来ないと言っていました」

「紋三郎はそなたを殺そうとしなかったのか」

「はい。女は殺さないと言っていました」

「女は殺さないか……」

「その代わり、信義を破ったものは許さないと」

「そうか。最後に、何かそなたに言っていたか」

「何年か後に、また江戸に舞い戻る。そのとき、また会おうと」

「紋三郎は、これで江戸を離れるつもりか」

江戸にいても、逃げ隠れする暮らししか出来ないのだ。ほとぼりが冷めるまで江戸を離れるのは当然だ。焼津にいるお蔦とは、どこかで落ち合う手筈がついているのかもしれない。

ふと、お吉が妙なことを言った。

「あと一つ、やり残したことをやってから江戸を離れると言っていました」

「やり残したこと？　それはなにかわからないか」

「いえ。わかりません」

まさか、勘定奉行の命を奪うつもりでは……。しかし、紋三郎がじかに接触したのは高山房次郎だ。勘定奉行にまで、仕返しの矛先《ほこさき》を向けるだろうか。

「紋三郎は西念寺横丁以外にも隠れ家を持っているのか」

「いえ、わかりません」

その可能性はあると、思った。

その他、幾つかきいたが、たいした内容のものではなかった。

これ以上きいても何も得られないと踏ん切りをつけ、剣一郎は引き上げることにした。

「この先、沢田屋はどうなるかわからんぞ。先々のことを考えておいたほうがよい」

「紋三郎さんも、同じようなことを言っていました」

お吉はしんみり言った。

西念寺横丁の隠れ家の場所を聞き、剣一郎は外に出た。

途中、自身番に寄り、植村京之進か岡っ引きの浅吉を探して、黒江町の自身番まで来るように言づけてもらった。

手足がかじかむような寒さだ。特に、永代橋を渡るときの川風は身を引き裂くほどの冷気を含んでいた。

八幡橋を渡ると、黒江町だ。西念寺横丁に入り、何度かひとに訊ね、ようやく隠れ家がわかった。大家に訊ねると、絵師の国富《くにとみ》というひとが借りていて、半年分の家賃をもらっていると言った。国富は国重のことであろう。

ここ十日ばかり、家を使っているようだったと言い、女の姿も見かけたと答えた。

家の中に入ってみた。長火鉢に茶簞笥、押入れにふとんもある。着物もかかっているが、もう不要なものなのだろう。

風呂敷包みの中に、護衛の武士の身につけていた着物に袴、それに大小が置いてあった。そこに、手紙が添えてある。

借りたものをお返しする。紋三郎と記されていた。剣一郎たちがここに踏み込むことを承知済みだったのだ。

剣一郎は隠れ家を出て、自身番に寄った。そこに、京之進と浅吉が待っていた。

「ふたりとも来ていたのか」

「はい。青柳さまのお呼びなので」

京之進はすぐに応じた。

「じゃあ、ついて来てもらおう」

剣一郎は、さっきの隠れ家にふたりを案内した。

「これは」

京之進が驚きの声を上げた。

「鈴ヶ森で逃げたあと、ここに隠れていたようだ。おそらく、ここに幾許《いくばく》かの金も隠し持っていたのであろう。無駄だと思うが、いちおう家捜しをしてくれ」

前回、紋三郎が江戸を離れたとき、情婦の残した燃えかすによって、ふたりの落ち合う場所がわかったのだが、今度はそのような僥倖《ぎようこう》に恵まれることはないだろう。

あとを京之進に託し、剣一郎は隠れ家を出た。

通りに出たとき、寒風が正面から吹きつけた。耳が引き裂かれそうな冷たさだ。その冷たさが、剣一郎にあることを思い起こさせた。

紋三郎はこのまま江戸を離れるつもりであろうか。その気になれば、鈴ヶ森からどこかに逃亡することは可能だった。

なのに、それをしなかったのは、あくまでも高山房次郎への復讐のためだ。裏切られたまま、のこのこと逃げ出すような男ではないのだ。

それに、紋三郎はそれなりの信義を重んじている。だから、裏切りは許せないのだ。

信義を重んじる。その言葉を、剣一郎は口に出して呟いた。いったん受けた約束は必ず守る。

（まさか）

最後にやり残した仕事とは……。

永代橋の真ん中で、剣一郎は寒風を受けながら愕然として立ち止まった。

六

その日の朝、非番の平四郎は『佐久屋』に出かけた。

由蔵は回復し、きょう『佐久屋』を引き上げることになっていた。平四郎も、そこに立ち会うことにしたのだ。

平四郎が着いたときには、もう由蔵もおみねも荷物を作り終えていた。

「ご亭主。由蔵が厄介《やっかい》になった。このとおりだ」

平四郎は改めて、お京の父親と母親に礼を述べた。重傷の由蔵を、ここに連れて来たのは平四郎だった。さらに、おみねが介抱のためにこの家に泊まり込んだ。

「旦那。おかみさん。お世話になりやした」

由蔵が礼を言うが、ふたりとも俯いたままだ。

由蔵の後ろで、おみねが緊張した顔で畏《かしこ》まっている。平四郎は、おみねの態度に訝《いぶか》しいものを感じたが、それがどういうものか、はっきりとわからなかった。

「由蔵さん」

お京の父親の藤助がもじもじと切り出した。

「家内とも相談したんだが、この家に戻ってもらうわけにはいかないだろうか」

「この家にですって」

驚いたのか、由蔵は口を半開きにした。

「由蔵さんに、この店をもう一度みて欲しいんだ。どうだろうか」

「ですが、あっしは……」

お京の婿として、この家に入り、やがて離縁して出て行った男だと、由蔵は言った。

「そのことは、すまないと思っている。おまえにどんなひどい仕打ちをしたか、謝っても謝りきれるもんじゃない。それは十分にわかっている。その上で頼むのだ。おまえがいなきゃ、この店も、私たちもおしまいだ」

「確かに、お京さんがお亡くなりになったことはご同情申し上げます。でも、あっしはお京さんには嫌われていた男だ。そんな男がこの家に入り込んだとしても、お京さんが喜ぶはずはありません」

「お京も、それを望んでいると思う」

「そんなはずはありませんよ」

「もう一度、私の息子になってくれないか」

「息子ですって。何をご冗談を」

由蔵は苦笑した。

「平四郎さまもお聞きくださいませ。私どもはひとり娘のお京を亡くしました。あまやかした私たちの責任でございます。でも、お天道さまは私たちの前に素晴らしい娘を用意してくださいました。私は由蔵を養子にし、その娘を由蔵さんに娶《めと》らせ、この店を継いでもらいたいと思っているのです。由蔵さん、どうでしょうか」

「それはお受け致し兼ねます。ありがたいお話ですがお断りさせていただきます」

由蔵はきっぱりと言った。

「それはどうして？　私たちが嫌いか。この家が嫌いなのか」

「とんでもない。あっしは出来ることなら、この店も旦那さんたちの面倒も見ていきてえ。でも、あっしには女房にするならこいつだと決めた女がおります。その女を見捨ててまで、自分がいい思いをしようとは思いません」

「由蔵、それは誰だ？」

平四郎はおみねをちらりと見てからきいた。

「へえ」

「その女と約束を交わしたのか」

「いえ。まだ、そんな話もしたことはありません」

「由蔵。この期に及んではっきり言わねばだめだ。さあ、おまえが女房と決めた女の名を言うんだ」

「じゃあ、言います」

由蔵は決心したように顔を上げ、

「ここにいる、おみねさんです。今のあっしに必要なのはおみねさん以外におりません。ずっと看病してくれた恩誼があるから言っているんじゃありやせん。おみねさんが傍にいてくれるだけで、どれだけ心が安らいだか。旦那、そういうわけですから、今の話はなかったことに」

だが、『佐久屋』の主人夫婦の表情は晴れやかになった。

平四郎はあっと思った。

「ひょっとして、由蔵に娶らせたい娘というのは」

平四郎はおみねに顔を向けた。

由蔵も振り向く。

「私たちは、献身的に看病する姿を見て、すっかりおみねさんが気に入りました。こういうひとが自分の娘であってくれたらと思ったのです。おみねさんは、お京のお墓参りまでしてくれていました」

「そうなのか」

由蔵がおみねにきいた。

「はい」

「私たちが、おみねさんに由蔵さんといっしょにこの家に入ってくれないかときくと、おみねさんは私は由蔵さんのおかみさんになれるような女じゃありませんからと断った。どうだろうか、由蔵さん。おまえさんさえいい返事をしてくれたら、おみねさんも承知してくれると思うのだ」

「旦那さま、そんなもったいないお話、私にはばちが当たります。どうぞ、由蔵さんだけ、この家に迎え入れて上げてください。私は……」

おみねは涙ぐんだ。

「由蔵。私は以前から思っていた。おまえにはおみねさんが必要なんだ。ふたりで、『佐久屋』を守り立てて行くんだ。きっと、お京さんもそれを望んでいると思う」

平四郎は由蔵の背中を押すように言った。

「おみねさんさえよければ」

「私は、由蔵さん次第です」

おみねが恥じらいを含んだ表情を見せた。

「おお、それでは、由蔵さんもおみねさんも私たちの倅と娘になってくれるのか。よかった」

「はい。ほんとうによござんした」

意外なことの成り行きに、由蔵はまだ夢心地の表情だった。

深川から帰ると、平蔵が縁側で日向ぼっこをしていた。

自分の部屋で少し休んでから縁側に行ったが、冬の日溜まりの中に、さっきまでいた父の姿がなかった。

平蔵が座っていた場所に腰をおろし、平四郎は庭に目をやった。

平蔵の好きな侘助《わびすけ》の花がここからよく見える。

若党がやって来て、

「ご隠居さまがお呼びにございます」

と、平四郎に声をかけた。

うむ、と頷《うなず》き、平四郎は立ち上がった。

平蔵は居間におらず、小さな仏間に、少し丸みを帯びた背中を向けて座っていた。

仏壇に灯明が灯っている。

平四郎は静かに腰を下ろした。瞑目《めいもく》している父の横顔を見て、その険しさに、はっとした。

「父上。お呼びでございますか」

平四郎は声をかけた。

平蔵は目を開けた。

「新見紋三郎の行方はまだわからぬようだな」

「はい。まだ、手掛かりがないようです」

一昨日、深川の『沢田屋』の別邸で、勘定方組頭の高山房次郎とその警護の者を殺したあと、再び、紋三郎は行方を晦ましている。

「あのまま、江戸を離れたのではないでしょうか」

「いや。紋三郎にはまだやり残したことがある。それをやり遂げてからでないと、江戸を離れないであろう」

「やり残したこととは何ですか」

平四郎は胸騒ぎを覚えながら父の顔を見た。

父が思いの外、静かな口調で、

「わしを殺すことだ」

「えっ、なんですって。奴は、諦めたはずではありませんか」

「いや。前回は罠と知って逃げた。だが、再び、江戸に舞い戻る機会を得たからには、もう一度、わしを殺しに来る」

「まさか。父上のことは罠とわかっていながら、また襲って来るでしょうか」

平四郎は半信半疑にきいた。

「来る。奴はそういう男だ」

「では、青柳さまに、このことを」

平四郎はあわてて腰を浮かせた。

「待て」

平蔵が引き止めた。

「町方が待ち伏せていては奴はやって来ない。知らせるな」

「でも、それでは父上の身に」

平四郎は身を乗り出し、

「父上。もうすぐ私の子が誕生いたします。父上は孫が生まれるのを楽しみにしていたではございませんか」

正月を孫と共に迎えられると、父は喜びをかみしめていたのだ。

「瞼《まぶた》を閉じれば、まだ生まれてこぬのに孫の顔が浮かんで来る。それで十分だ。あとは、平四郎の時代だ」

「父上」

何か言い返そうとしたが、声にならなかった。

「わしがひとりで奴を迎え撃つ。平四郎」

平蔵が厳しい顔になった。いや、それは鬼気迫る表情であった。

「もし、父が遅れをとりそうだとしても、助太刀は相成らぬ。そのあとで、紋三郎に立ち向かえ。ただし、父の仇としてではなくだ。いずれ、おぬしは定町廻りになる男だ。その心構えで紋三郎と対峙《たいじ》せよ」

万が一、取り逃がそうとも焦るな。紋三郎は平蔵を殺したあと、江戸を離れ、また上方辺りでほとぼりをさまし、何年か後に江戸に現れる。そのときまでに定町廻り同心になっていろと、平蔵は言った。

再び、平蔵は目を閉じた。父は自分が生きている間に、定町廻りになった平四郎の姿を見たいと思っているはずだ。だが、それは叶わないかもしれない。

「平四郎。母の前で誓うのだ。定町廻り同心として紋三郎を捕らえる。それが、おまえの使命だ。よいな。これをわしの遺言だと思え」

「はい」

父は、紋三郎に斬られる覚悟をしているに違いないと思った。

やりきれず、平四郎は膝に置いた手をぎゅっと握りしめた。


再び、平蔵は寺島村に向かった。小雪が舞っている。荷を下男の庄助《しょうすけ》に背負わせ、平四郎も供について、三囲《みめぐり》神社下の船着場から隅田川の土手に上がった。

長命寺を過ぎてから一本道を下った。雪は止んでいる。

川の流れも田の水も凍りつき、樹木も皆枯れ、凍った土を踏むたびに何かが砕けるような音がする。

ここまで来る途中に紋三郎が現れる可能性もあると思い、気を張りながら百姓喜作の家までやって来た。

喜作の家の離れでは、すでに火鉢に火が入れてあり、寒風の中を歩いて来た身にはありがたいほどの暖かさだった。

喜作の女房が茶をいれてくれ、去って行ったあと、平四郎が、

「父上。朝晩は相当冷え込むと思います」

「うむ。覚悟の上だ」

熱い茶をすすりながら、平蔵が応じた。

心なしか、平蔵は若返ったような気がする。母を亡くし、同心を辞めてから、急に老け込んだ父だが、今その体の内部から何かが燃えてきているように思えた。

平四郎は子どもの頃、父の背中を見て、憧憬《しょうけい》と同時に畏怖《いふ》の念を抱いたものだ。その頃の父が蘇ったように思えた。

だが、すぐに悲壮感に包まれてきた。父は死を覚悟をしている。そして、身をもって、平四郎に自分の生きざまを見せようとしているのだ。

「平四郎。そろそろ帰るがよい」

「はあ。でも、もう少し」

平四郎は去り難かった。

場合によっては今生の別れになるかも知れないのだ。心の奥に、青柳さまに相談してみようという気持ちもまだ残っている。

「平四郎。我が死を乗り越え、強くなるのだ。生まれて来る子のためにもな。よいな」

「父上」

平四郎はまたも涙ぐんだ。

「そなたは子どもの頃から泣き虫だった」

平蔵が目を細めた。

「わしが朝出仕するとき、いつも玄関の外までわしを追いかけて来よったわ」

「はい」

平四郎は覚えている。

出かける父を、玄関に母とふたりで見送りに出た。父が門に向かうと、いきなり玄関を駆け出て、裸足で父を追いかけ、そのたびに母にひどく叱られたのを鮮明に覚えている。

父の偉大さは、外で見かけた父の姿でもわかった。町の人々が尊敬の眼差しで父に挨拶をするのだ。皆、父に信頼を寄せていた。

自分も父のような同心になるのだと、平四郎は思ったものだ。

「さあ、遅くなってもいけない。もう帰るのだ。父のことは心配いらない」

「はい。それでは」

平四郎は一礼して立ち上がった。

見送りに出て来た下男の庄助に、

「父のことを頼んだぞ」

と声をかけ、平四郎は薄暗くなりはじめた外に出た。

母屋にいる喜作夫婦にも挨拶をしたあと、平四郎はもう一度、離れに行った。父に声をかけようとしたが、父は剣を抜いて刃を確かめていた。

父のなみなみならぬ覚悟を見た思いがして声をかけずに、平四郎は再び凍てつくような寒さの中を足を踏み出した。

一時から比べると、だいぶ陽脚も延びていた。平四郎はやや背中を丸め、寒さを防ぐように足早になった。その後ろ姿を見送る深編笠の武士に、気づくことはなかった。

七

平四郎の姿が土手のほうに消えてから、深編笠の剣一郎はゆっくり百姓喜作の家に向かった。

離れから、小柄な男が桶を持って出て来た。井戸まで水を汲《く》みにいくのだ。

男は立ち止まって、近づいて来る剣一郎を見ていた。

「青柳剣一郎が参ったと、只野どのにお伝えしてくれ」

「は、はい。ただ今」

あわてて下男の男は土間に引っ込んだ。

しばらくして、縁側の障子が開き、平蔵が姿を現した。

「これは青柳さま。お寒うございます。さあ、中へ」

「失礼する」

編笠を縁側の脇に置き、剣一郎は部屋に上がった。

「どうして、私がここにいるとおわかりになりましたか」

只野平蔵は訝しげにきいた。

「新見紋三郎は、やり残した仕事があると言っていたらしい。殺しの依頼で、店晒《たなざら》しになっているのが、只野どののこと。そして、只野どののもそうと察しておられる。だとすれば、今度こそ、ひとりで決着をつけようとする。そう考えました」

「そこまでお見通しとは……」

平蔵の口から深いため息が漏れた。

「伜平四郎が青柳さまに相談するというのを引き止めました。紋三郎を迎え撃つのは私ひとりでなければなりませぬ。おそらく、紋三郎も今度こそ私がひとりでここに来るものと思っているはず」

「紋三郎の心が、どうしておわかりか」

「さあ、宿敵だからと申せましょうか。私はこたびの紋三郎の行動がすべて理解出来まする。紋三郎であれば、そうするであろうと思うとおりの動きを見せておりました。したがって、最後に私を襲うことも間違いありますまい」

平蔵は体を折り、畳に手をつき、

「どうか、私の我がままをお聞きくだされ。このとおり、お願い申し上げます。紋三郎は、この私が仕留めねばならぬ相手なのでございます」

平蔵の真剣な眼差しが剣一郎の胸に響いた。

「わかりました。紋三郎のことはお任せいたしましょう。なれど、只野どのに万が一のことがあれば、私が出て行きます。それでよろしいか」

「ありがとう存じます」

「そうとなれば、ここにいては邪魔」

剣一郎は立ち上がった。

「青柳さま」

平蔵が呼び止めた。

「これまでのご厚情に、この通り、感謝を申し上げまする」

平蔵は畳に額をつけんばかりに体を折り、

「どうぞ、多恵さまにもよろしくお伝えくださいませ。また、伜平四郎のこと、これからも厳しくご指導くださいますよう、お願い申し上げます」

「わかりました」

剣一郎は胸が詰まった。

おそらく剣一郎の父も、こうして剣一郎のために命を張ってきたのであろう。父親という存在の大きさを、改めて教えられた気がした。

剣一郎はすっかり暗くなった道を、借りた提灯の灯を頼りに急いだ。

翌十二月十四日。きょうと明日は深川八幡宮の歳の市である。十七、十八日は浅草寺、その後は神田明神、芝神明宮と歳の市が続く。いよいよ、年の瀬になり、往来のひとの歩き方もどことなく忙しく感じられる。

礒島源太郎と只野平四郎は小者を連れて見廻りに出ている。

京之進たちは、浅草界隈をしらみ潰しにして、紋三郎の隠れ家を探している。寺島村周辺に捕方を配置しておくことも考えたが、紋三郎には不思議な嗅覚があり、身の危険を事前に察知出来るのだ。

前回と同じように捕方が配置されていると知ったら、紋三郎は現れない。剣一郎はそう思っている。

その夜、奉行所から帰った剣一郎はすぐに着替えて、編笠を持って屋敷を出た。屋敷で待っていた文七も連れて行く。

八丁堀組屋敷の堀から船に乗り、富島町《とみしま》一丁目、霊岸島《れいがんじま》をくぐって箱崎町《はこざき》、永久《えいきゅう》橋を通り、いつものように田安《たやす》家の下屋敷の脇から両国橋に出た。

大川に出ると、波が高く、舟が揺れた。西の空の夕焼けが見事で、富士の稜線がくっきり浮かび上がっていた。

川風は身を裂くように冷たい。柳橋の料理茶屋の大屋根も浅草御米蔵も徐々に闇に溶けようとしていた。

今夜、紋三郎が現れるという保証はない。だが、昼間から剣一郎は胸騒ぎがしていた。

船が吾妻橋をくぐろうとしている。ふと、急ぎ足に歩くひとの姿が只野平四郎のように思えた。

「平四郎さまですね」

文七も気づいた。

船は岸に近づいて行き、三囲神社の鳥居の前にある船着場に到着した。

剣一郎は土手に上がった。平四郎の姿は見えない。剣一郎は先を急いだ。

喜作の百姓家に近づいた頃には、もう辺りはすっかり暗くなっていた。だが、雲が切れ、月が出ると、滲《にじ》んだ金色の光が地上を照らした。

その月明かりが、前方を行く、平四郎の後ろ姿を浮かび上がらせた。

平四郎は喜作の家の母屋に入って行った。剣一郎は大きな杉の樹の脇に立ち、喜作の家の離れを見た。

樹の陰で、いくぶん寒さを凌《しの》ぐことが出来た。

それから半刻（一時間）ほどして、黒い影がふと地上に浮かんだように現れた。その影はまっすぐに喜作の家の離れに向かった。

剣一郎は大きくまわって喜作の家の母屋の脇にきた。

黒い影は離れの雨戸の前に立った。そして、大胆にも雨戸を拳で叩いた。

やがて、雨戸が静かに開かれた。再び月明かりが射し、只野平蔵の顔を浮かび上がらせた。

「新見紋三郎、待っていた」

「依頼により、命をもらう。俺を誘き出す手段だったとしても、殺しの依頼を受けたことに間違いはないからな」

紋三郎の落ち着きはらった声が聞こえる。

ふと、母屋から平四郎が飛び出そうとした。剣一郎はその腕を摑んだ。

「青柳さま」

「静かに。出て行ってはならぬ。辛《つら》かろうが、父上の雄姿をよく目に焼けつけておくのだ」

月が雲間に入り、暗くなった。その刹那、激しい剣戟の音が闇の中で起こった。

「行くのではない」

剣一郎は平四郎を必死に引き止めた。

「父上は無外流《むがい》の達人ですが、ここ何年も実戦から遠ざかっております。紋三郎の敵ではありませぬ。それを承知で父は……」

「平四郎、出てはならぬ。我らが出て行ったら、紋三郎は逃げる。もう二度と、現れぬだろう。紋三郎を捕らえる機会は只野平蔵どのにかかっておるのだ」

「父上」

「平四郎。よく見るのだ。父上の闘いぶりを」

雲間から月明かりが射した。平蔵は剣を正眼に構えて、匕首を持った紋三郎と対峙している。

匕首を振りかざした紋三郎は踏み込んだ。平蔵が上段から斬り込んだ。二つの影が一瞬重なり、すぐに分かれた。

一つの影が崩れ落ちた。平蔵だ。だが、紋三郎も片膝をついた。

「よし、行くぞ」

剣一郎は飛び出した。

「平四郎、父上を見ろ」

剣一郎は叫びながら、刀の鯉口を切った。

「父上」

平四郎の絶叫が夜空に轟いた。

剣一郎は胸が衝かれた。

「新見紋三郎。観念せよ」

悲しみをこらえ、剣一郎は抜刀した。

「青痣与力か。箱根では世話になった。おかげで、やり残したことはすべて片づけた」

紋三郎は脾腹を押さえ、苦しげに言った。

「紋三郎。刃物を捨てろ」

正眼から八相に構えを直し、剣一郎は紋三郎に迫った。

平四郎も剣を抜き、横合いから紋三郎に迫った。平四郎の顔は涙で濡れている。

紋三郎の口から奇妙な声がした。笑っているのだ。

やがて、笑い声が止んだあと、紋三郎は匕首をぽんと脇に放った。

「この体じゃ闘えねえ。おまえのおやじはすげえ男だ。相討ちを狙ってきやがった。おかげで、このざまだ」

紋三郎は観念したようにしゃがみ込んだ。

「平四郎。喜作に言い、荒縄でも借りて来い。それから、喜作に手伝わせ、お父上を離れの座敷に」

「はっ」

平四郎が母屋に飛んで行った。

「紋三郎。目付殺し、さらに勘定方組頭殺しの理由を話してくれ。おぬしの証言で、越後米不正買いつけの実態を明らかに出来るのだ」

「無理だな」

「なに？」

「俺は七年前、江戸を離れ上方に行った。そこで、ある男に拾われ、殺しの手ほどきを受けた。その男、俺にとっては師だが、師から言われた。依頼人のことは何があっても喋ってはならぬとな。その代わり、依頼人には素性を明かしてもらう。それが決まりだ」

「高山房次郎はそれを破ったというわけだ」

「さあな。だが、ばかな連中だ。殺し屋を信用すれば何事もなかったものを」

ふんと鼻先で笑ってから、

「だから、俺は絶対に口を割らん。俺を頼るのは愚の骨頂だ」

平四郎が荒縄を持って駆けつけた。

「平四郎、結わけ」

喜作と伜らしい男がふたりで、平四郎の父親を離れの座敷に運んだ。

傷は心の臓を少し外れていた。

「只野どの。よくやってくれました。おかげで、新見紋三郎を捕らえることが出来ましたぞ。平四郎がお縄をかけました」

剣一郎は亡骸に向かって報告した。


それから半刻（一時間）後、植村京之進たちが駆けつけて来た。

土間の柱に結わえ付けられた紋三郎を見て、信じられないものを見たように、しばし言葉を失っていたが、やっと我に返ると、

「いったいどういうわけで」

と剣一郎に目を向けた瞬間、京之進はまたも驚きの声を上げた。

「線香の匂い」

「京之進、これへ」

剣一郎は部屋に招じた。

おそるおそる部屋に入った京之進は雷にでも打たれたように棒立ちになった。

京之進の目に、逆さ屛風《びょうぶ》と経机の上の線香、そして、顔を白い布でおおわれて横たわっている人間、さらに、枕元にいる只野平四郎が映っているはずだった。

「これは」

「父上でございます。新見紋三郎との闘いの末に」

平四郎が言い、白い布を外した。

「只野さま」

京之進が跪《ひざまず》いた。

「只野どののおかげで新見紋三郎を捕らえることが出来たのだ」

剣一郎はその手柄をたたえた。

「只野どのは我ら同心の鑑《かがみ》のようなお方」

京之進が無念そうに言った。

外が騒々しくなった。奉行所の小者たちが到着したのだ。

「よし、紋三郎を駕籠に乗せろ」

京之進の言葉で、再び、紋三郎は唐丸駕籠に乗せられた。

一行が出発した。剣一郎も最後尾についた。

その頃より、風が強まり、黒い雲が流れ、月を隠した。暗い道を、いくつもの提灯の灯に引かれて、唐丸駕籠の一行が隅田堤から吾妻橋に差しかかった。

風がさらに強まった。ときたま突風が吹く。そのたびに一行の列が乱れた。

橋の真ん中で、駕籠が止まった。京之進が駕籠に向かって何か声をかけている。

剣一郎が駕籠に近寄ろうとしたとき、いきなり唐丸駕籠から紋三郎が飛び出した。

あっと騒ぐ町方を尻目に、勢いよく橋の欄干によじ登るや、両手を広げるような格好で隅田川に飛び込んだ。

「船だ。船を手配しろ」

大騒ぎになった。

欄干から、剣一郎は暗い川面を見た。真っ暗で何も見えない。

駕籠のところに行ってみた。縄が切られて、駕籠が破られていた。小刀を隠し持っていたようだ。

とうとう雨が降り出して来た。

やがて、川面に船がやって来て、提灯の灯を幾つもかざして川を照らした。雨はますます激しくなった。

明け方になり、また探索がはじまったが、紋三郎を見つけることが出来なかった。

数日後、『沢田屋』をはじめとする越後米不正買いつけに関わった富商が奉行所に引っ立てられた。

御徒目付組頭の原田宗十郎の話では、相当数の処分者が出るだろうが、勘定奉行までは届かないと無念そうに言った。

二十五日は奉行所の御用納めで、剣一郎は宇野清左衛門や長谷川四郎兵衛などの上役に挨拶廻りをした。

屋敷に帰ると、礒島源太郎や只野平四郎らが続々と挨拶にやって来た。

「今年もいろいろお世話になりました」

平四郎が源太郎に続いて挨拶をする。

「さあ、堅苦しい挨拶は抜きにして」

多恵が酒肴の支度をして、下役の者に振る舞った。

「平四郎。男の子だったそうだな」

剣一郎がきいた。

「はい。不思議なことに、父の亡くなった日の同じ時刻に誕生いたしました」

「そうだった、そうだった。その子はお父上の生まれ変わりだ」

「はい」

「ご妻女も無事でなにより」

「平四郎は父親になってたくましくなった気がします」

礒島源太郎が褒《ほ》めると、平四郎は頭をかいて、

「いえ、まだ父親の実感はありませんので」

と、照れた。

「まあ、今年はご苦労だった。また、来年も頼んだぞ。もっとも今年が終わったわけではない。御用納めとはいえ、我らの仕事は暮れも正月もない」

そう言ったあとで、ふと新見紋三郎のことに思いを馳せた。

「とうとう死骸は見つからなかったな」

隅田川に飛び込んだ紋三郎を必死に探索したが、ついに見つけ出せなかった。

あの氷のように冷たい水の中、ましてや紋三郎は脾腹に傷を負っていたのだ。

付近の岸にひとがはい上がったような形跡はなかった。海に流されたというのが、奉行所の見方だった。確かに、あのような厳寒の川の中に落ちて生きていようとは思

われない。

その後、焼津にいた情婦のお蔦もいつの間にか姿を晦ましてしまったという。

いつの間にか、客は引き上げていた。別れの挨拶をしたようだが、記憶になかった。

「今年もごくろうさまでございました」

多恵が横に来て、銚子を差し出した。

「剣之助とるいはどうした？」

「るいはもうやすみました。剣之助は部屋で何かしていましたけど」

「そうか」

「あら、ずいぶん静かだと思っていましたが、雪ですよ」

「雪か」

剣一郎は立ち上がって障子を開けた。

雪が激しく舞っている。

「今夜は積もりそうだな」

剣一郎は多恵と濡れ縁に並んで立ち、寒さを忘れたように、飽かずに降りしきる雪を眺めていた。

一〇〇字書評

切・り・取・り・線

目付殺し

購買動機（新聞、雑誌名を記入するか、あるいは○をつけてください）	
□（　　　　　　　　　　　　）の広告を見て	
□（　　　　　　　　　　　　）の書評を見て	
□ 知人のすすめで	□ タイトルに惹かれて
□ カバーが良かったから	□ 内容が面白そうだから
□ 好きな作家だから	□ 好きな分野の本だから

・最近、最も感銘を受けた作品名をお書き下さい

・あなたのお好きな作家名をお書き下さい

・その他、ご要望がありましたらお書き下さい

住所	〒				
氏名		職業		年齢	
Eメール	※携帯には配信できません		新刊情報等のメール配信を 希望する・しない		

この本の感想を、編集部までお寄せいただけたらありがたく存じます。今後の企画の参考にさせていただきます。Eメールでも結構です。

いただいた「一〇〇字書評」は、新聞・雑誌等に紹介させていただくことがあります。その場合はお礼として特製図書カードを差し上げます。

前ページの原稿用紙に書評をお書きの上、切り取り、左記までお送り下さい。宛先の住所は不要です。

なお、ご記入いただいたお名前、ご住所等は、書評紹介の事前了解、謝礼のお届けのためだけに利用し、そのほかの目的のために利用することはありません。

〒一〇一-八七〇一
祥伝社文庫編集長　清水寿明
電話　〇三（三二六五）二〇八〇

祥伝社ホームページの「ブックレビュー」からも、書き込めます。
www.shodensha.co.jp/bookreview

祥伝社文庫

目付殺《めつけごろ》し

風烈廻《ふうれつまわ》り与力《よりき》・青柳剣一郎《あおやぎけんいちろう》

平成19年10月20日　初版第1刷発行
令和6年2月20日　第8刷発行

著者　小杉健治《こすぎけんじ》
発行者　辻　浩明
発行所　祥伝社《しょうでんしゃ》
東京都千代田区神田神保町3-3
〒101-8701
電話　03（3265）2081（販売部）
電話　03（3265）2080（編集部）
電話　03（3265）3622（業務部）
www.shodensha.co.jp

印刷所　堀内印刷
製本所　ナショナル製本

Printed in Japan ©2007, Kenji Kosugi ISBN978-4-396-33387-4 C0193

祥伝社文庫の好評既刊

小杉健治
刺客殺し
風烈廻り与力・青柳剣一郎④

江戸で首をざっくり斬られた武士の死体が見つかる。それは絶命剣によるもの。同門の浦里左源太の技か!?

小杉健治
七福神殺し
風烈廻り与力・青柳剣一郎⑤

人を殺さず狙うのは悪徳商人、義賊「七福神」が次々と何者かの手に…。真相を追う剣一郎にも刺客が迫る。

小杉健治
夜烏《よがらす》殺し
風烈廻り与力・青柳剣一郎⑥

冷酷無比の大盗賊・夜烏の十兵衛が、青柳剣一郎への復讐のため、江戸に戻ってきた。犯行予告の刻限が迫る!

小杉健治
女形《おやま》殺し
風烈廻り与力・青柳剣一郎⑦

「おとっつぁんは無実なんです」父の斬首刑は執行され、さらに兄にまで濡れ衣が…真相究明に剣一郎が奔走する!

小杉健治
目付殺し
風烈廻り与力・青柳剣一郎⑧

腕のたつ目付を屠った凄腕の殺し屋を追う、剣一郎配下の同心とその父の執念! 情と剣とで悪を断つ!

小杉健治
闇太夫《やみだゆう》
風烈廻り与力・青柳剣一郎⑨

百年前の明暦大火に匹敵する災厄が起こる? 誰かが途轍もないことを目論んでいる…危うし、八百八町!

祥伝社文庫の好評既刊

小杉健治
袈裟《けさ》斬り 風烈廻り与力・青柳剣一郎⑯
立て籠《こ》もった男を袈裟懸《けさが》けに斬り捨てた謎の旗本。一躍有名になったその男の正体を、剣一郎が暴く！

小杉健治
仇返《あだがえ》し 風烈廻り与力・青柳剣一郎⑰
付け火の真相を追う剣一郎と、二年ぶりに江戸に帰還する倅《せがれ》・剣之助。それぞれに迫る危機！ 最高潮の第十七弾。

小杉健治
春嵐《しゅんらん》（上） 風烈廻り与力・青柳剣一郎⑱
不可解な無礼討ち事件をきっかけに連鎖する事件。剣一郎は、与力の矜持《きょうじ》と正義を賭け、黒幕の正体を炙《あぶ》り出す！

小杉健治
春嵐（下） 風烈廻り与力・青柳剣一郎⑲
事件は福井藩の陰謀を孕《はら》み、南町奉行所をも揺るがす一大事に！ 巨悪に立ち向かう剣一郎の裁きやいかに？

小杉健治
夏炎《かえん》 風烈廻り与力・青柳剣一郎⑳
残暑の中、市中で起こった大火。その影には弱き者たちを陥《おとし》れんとする悪人の思惑が…。剣一郎、執念の探索行！

小杉健治
秋雷《しゅうらい》 風烈廻り与力・青柳剣一郎㉑
秋雨の江戸で、屈強な男が針一本で次々と殺される…。見えざる下手人の正体とは？ 剣一郎の眼力が冴える！

祥伝社文庫の好評既刊

小杉健治
冬波《とうは》
風烈廻り与力・青柳剣一郎㉒

下手人は何を守ろうとしたのか？　事件の真実に近づく苦しみを知った息子に、父・剣一郎は何を告げるのか？

小杉健治
朱刃《しゅじん》
風烈廻り与力・青柳剣一郎㉓

殺しや火付けも厭わぬ凶行を繰り返す、朱雀太郎。その秘密に迫った青柳父子の前に、思いがけない強敵が――。

小杉健治
白牙《びゃくが》
風烈廻り与力・青柳剣一郎㉔

蠟燭問屋殺しの疑いがかけられた男。だがそこには驚くべき奸計が……青柳父子は守るべき者を守りきれるのか⁉

井川香四郎
てっぺん
幕末繁盛記

持ち物はでっかい心だけ。四国の銅山からやってきた鉄次郎が、幕末の大坂で〝商いの道〟を究める⁉

井川香四郎
千両船
幕末繁盛記・てっぺん②

大阪で一転、材木屋を継ぐことになった鉄次郎。だが、それを妬む問屋仲間の謀で……波乱万丈の幕末商売記。

藤原緋沙子
恋椿
橋廻り同心・平七郎控①

橋上に芽生える愛、終わる命…橋廻り同心平七郎と瓦版女主人おこうの人情味溢れる江戸橋づくし物語。